Die gebürtige Münchnerin Susanne Elsner arbeitet als Gymnasiallehrerin für katholische Religion und Latein. Seit 2014 verfasst sie gemeinsam mit ihrem Ehemann Walter, der auch für diese Buch die Fotos beisteuert, für verschiedene Verlage Kulturwander- und Pilgerführer sowie Bücher mit Impulsen zum Pilgern. Damit hat sie eine ihrer großen Leidenschaft zum Nebenberuf gemacht.

Unter https://pilgerimpulse.jimdofree.com/ finden Sie weitere Informationen.

Susanne Elsner

Bruder Jakoba –

die vergessene Freundin des Franziskus

eine biografische Erzählung

Bibliografische Information der Deutschen Nationalbibliothek:
Die Deutsche Nationalbibliothek verzeichnet diese Publikation in der Deutschen Nationalbibliografie; detaillierte bibliografische Daten sind im Internet über dnb.dnb.de abrufbar.

Herstellung und Verlag:
BoD – Books on Demand, Norderstedt
ISBN 978-3-7534-0856-9

Vorwort

München 1988: Ich befinde mich im Theologiestudium und höre das Fach Kirchengeschichte; in der vergangenen Vorlesung hatte der Professor begonnen, über Franz von Assisi zu referieren. Mit ihm durch meine Zugehörigkeit zu einer von Kapuzinern betreuten Pfarrei seit Kindheit besonders vertraut, freue ich mich darauf, weiter zu hören, was der hochqualifizierte, kluge, wenn auch mir ein wenig zu konservative Kirchenmann zu ihm weiß. Und offenbar nicht nur ich! Ich wundere mich von Minute zu Minute mehr, als der sonst recht lückenhaft besuchte Vorlesungssaal sich heute in ungekannter Weise füllt, so sehr, dass die letzten keinen Sitzplatz mehr bekommen. Mein Banknachbar, ein Priesteramtskandidat, lächelt vielsagend: „Wirst schon noch sehen, warum!"

Das große Interesse an seiner Vorlesung wird vom Professor nicht kommentiert, vielleicht nicht einmal bemerkt. Er referiert über die Schwierigkeiten der Anerkennung der strengen Ordensregel, über die zunehmende Entfremdung des Francesco von seinem Orden und über seine Stigmata. Schließlich kommt er auf seinen Tod und dessen nähere Umstände zu sprechen. Der Hörsaal hält – so scheint mir – mehr und mehr den Atem an, alle lauschen gebannt. Und dann folgt, worauf die zahlreichen zusätzlichen Hörer offenbar gewartet haben: Der Professor stockt, seine Stimme bricht, er muss die Tränen zurückhalten, als er das Wort „Mandelplätzchen" herausbekommt. Es ist jener ungewöhnliche Wunsch des asketischen und so radikalen Heiligen, der kurz vor seinem Sterben nach seiner Freundin Jakoba aus Rom und ihren Mandelplätzchen verlangt, der den alten Theologen so bewegt – und das wohl in jedem Vorlesungszyklus zur mittelalterlichen Kirchengeschichte, so dass sich auch ältere Studenten bemüßigt gefunden haben, an diesem Tag noch einmal zu kommen. Mit heiserer Stimme entschuldigt sich der Professor kurz für seinen Gefühlsausbruch und fährt fort. Noch ein-, zweimal überkommt ihn die Rührung. Unsicheres Grinsen, vielleicht auch einmal ein kurzes albernes Lachen, verbreitet aber Betroffenheit und Nachdenklichkeit liegen in diesen Minuten über dem Vorlesungsraum.

Ich kannte die Erzählung selbst bereits von mehreren Fahrten nach Assisi, aber in diesem Moment wurde sie auch für mich zu etwas Besonderem. Die Ergriffenheit des Professors wirkte nach, und ich fand die Begründung für mich darin, dass es dieser so menschliche Zug des gerade in Fragen des Luxus und des Umgangs mit Frauen manchmal schroffen Heiligen an seinem Lebensende ist, der ihn mir so sympathisch macht. Unkonventionell und souverän geht er mit den Vorschriften um, die er für sich und seine Brüder selbst gemacht hat. Die ‚Geschlechtsumwandlung' der adeligen Witwe zu „Bruder" Jakoba, die ihr Eingang in die Klausur gewährte, die Freude über ihren ersehnten und unverhofft rechtzeitigen Besuch, das weltliche Vergnügen an den Mandelplätzchen wirft ein Licht auf den „alter Christus", jenen Heiligen, der wie kein anderer den Fußspuren Christi folgte. Er setzte das augustinische „Liebe und tu, was Du willst" in die Tat um, selbst dann, wenn es ein Tabubruch war.

Als Studentin interessierte mich dabei natürlich auch, wer diese Frau war, die bei dem großen Heiligen diese Reaktionen hervorrief. Doch erste Rechercheversuche verliefen schnell im Sande. Ja, es schien mir sogar, als hätte man bewusst den Mantel des Schweigens über Jakoba gebreitet. Bei meinem nächsten Assisi-Besuch suchte ich nach Spuren - und fand außer dem Kästchen mit ihren sterblichen Überresten in der Grabeskirche des Franziskus so gut wie nichts.

Erst Jahre später und vor dem Hintergrund der durch das Internet möglich gewordenen Informationsbeschaffung nahm ich den Faden wieder auf. Ich las mich in die spärlich edierten Quellentexte ein, und sah plötzlich Jacopa Frangipane de Settesoli, die Edelfrau aus Rom, in ihrer roten Tunika, aber mit dem Schleier und einem graubraun-franziskanischen Überwurf konkret vor mir, als ich in der Unterkirche von Assisi stand. Für mich ist sie es, die Simone Martini in seiner Galerie der frühen franziskanischen Heiligen gemalt hat, auch wenn man das Porträt in der Vergangenheit meist für eine Darstellung der heiligen Chiara von Assisi hielt. Letztere wird jedoch ikonographisch immer im Habit abgebildet und nicht mit einem mantelartigen Überwurf, der das rote Untergewand (nicht nur die Farbe der Liebe, sondern auch des Reichtums) noch sehen lässt. Zudem prangen in ihrem Nimbus sieben Sonnen – vielleicht ein volkstümlicher Hinweis auf den Namen ihrer Familie, deren Wohnsitz im sog. Septizonium, dem ehemaligen Palast des römischen Kaisers Septimius Severus lag. So entschloss ich mich, das Leben der seligen Jakoba in romanhafter Form nachzuerzählen und dieser Freundin des heiligen Franziskus, die seine Spiritualität „in der Welt" lebte, neues Leben einzuhauchen.

Damit danke ich allen, die in mir franziskanische Begeisterung geweckt und wachgehalten haben – meinen Eltern, meinem priesterlichen Freund Br. Georg Greimel OFMCap und besonders herzlich meiner langjährigen franziskanischen geistlichen Begleiterin und Freundin Sr. Dr. Theresia Wittemann OSF, die auch das Lektorat übernommen hat. Ihnen und meiner Familie, die mich immer unterstützt, widme ich dieses Büchlein.

Nun wünsche ich Ihnen, liebe Leserinnen und Leser, eine ebenso erfreuliche (Wieder-)Begegnung mit dieser spannenden Frau, wie ich sie vor dem Gemälde in der Unterkirche der Basilika San Francesco erlebte!

Susanne Elsner

Inhalt

Gelände des Septizodiums am Fuß des Palatin in Rom heute

Personen – historisch und fiktiv

Da an einigen Stellen historische Quellen fehlen, habe ich ein paar Ergänzungen fiktiver Art vorgenommen. Um deutlich zu machen, was nun historisch und was fiktiv ist, folgt hier eine Auflistung der einzelnen Figuren:

a) Historische Figuren

Giacomina (Kosename)/Jacopa (offizieller Name)/Jakoba (deutsch) Frangipane de Settesoli, geb. dei Normanni – römische Adelige und Freundin des Franziskus von Assisi

Graziano Frangipane de Settesoli – ihr Ehemann

Giovanni und Giacomo – die beiden Söhne des Paares

Pietro Vasaletto – Künstler

Francesco – Franziskus von Assisi, Ordensgründer

Pietro, Bernardo, Silvestro, Leo – Mitbrüder des Franziskus

Chiara – Klara von Assisi, Ordensgründerin

Kardinal Giovanni Colonna – Benediktiner, oft mit dem Beinamen „der Ältere" versehener Kardinal von S. Paolo

Papst Innozenz III. – von 1198 bis 1216 Papst

Papst Honorius III. – sein Nachfolger (1216 - 1227)

Kardinal Ugolin – Neffe von Innozenz III., Kardinalprotektor des Franziskanerordens, Bischof und Kardinal von Ostia, späterer Papst Gregor IX (1227 – 1241)

Bischof Guido – Bischof von Assisi zur Zeit des Franziskus

10

Friedrich II. – deutscher Kaiser

Elia di Cortona – zweiter Nachfolger des Franziskus in der Leitung des Franziskanerordens

Tebaldo Saraceni – Kanoniker in Rieti und Gastgeber des Franziskus

b) fiktive Personen

Maria di Buonconsiglio – beste Freundin Giacominas

Zeno – deren Schwager

Padre Basilio – Beichtvater Marias

Anna, Beppo, Sebastiano, Daniele – Bedienstete im Hause Frangipane de Settesoli

Egidio dell´Armella – intriganter Priester in S. Paolo

Sabina dei Dranghesi – römische Edelfrau

Sebaldo, Tommaso, Illuminato, Bartolomeo – Mitbrüder des Franziskus

Stefano – Bruder Grazianos und Schwager Giacominas

Pietro da Lucca – Hausarzt der Familie Frangipane de Settesoli

Massimo Buono – Maler aus Rieti

Aufregung

Wie immer hörte sie nur schnelle Schritte hinter der Tür, dann flog diese ohne ein Klopfen auf, und etwas atemlos stand ihre Freundin, die dunkellockige, lebhafte Maria di Buonconsiglio mit weit aufgerissenen Augen vor ihr.

„Giacomina, die Männer aus Assisi sind in der Stadt! Beim Papst sollen sie Bericht erstatten über ihre Arbeit." Stoßweise presste die ob solch ungewohnter Anstrengungen atemlose Adelige ihre Nachricht heraus. Zudem war es ein ziemlich warmer Spätsommertag, und die Stadt Rom hatte die Hitze bereits wieder in ihren Gassen und Höfen gespeichert. Auch oben auf dem Palatin, wo meist angenehmeres Klima herrschte, da der Wind darüberstrich, war der Nachmittag ausgesprochen drückend.

Gerade noch versunken in ihren Webrahmen, schaute die Angesprochene jetzt auf. Das helle Haar der jungen Donna Jacopa Frangipane de Settesoli, die von den ihr Nahestehenden aber stets Giacomina genannt wurde, flog herum, als sie sich Maria zuwandte:

„Du meinst Francesco? Die Armen aus Assisi?" Ihre Augen leuchteten. „Meine Güte, das ist die Gelegenheit!"

„Ja, ich hörte, dass sie noch drei Tage in S. Paolo fuori le Mure sind und Francesco auf jeden Fall übermorgen, am Sonntag, predigen wird." Maria sprudelte die Mitteilung nur so heraus – und sah, wie ein freudiges Zittern Giacomina erfasste. Diese trat zum hohen Fenster des beeindruckenden Wohnturmes der Settesoli auf dem Palatin, von dem man eine wunderbare Aussicht auf Rom hatte, und blickte hinaus – halb planend, halb sinnend.

Vor drei Jahren, also 1209, hatten sie zum ersten Mal gehört, dass arme Bettler aus Umbrien bis zum Papst gelangt waren, um ihre Lebensweise von ihm segnen zu lassen.

Giacomina war damals gerade endgültig in der Stadt angekommen und hatte diese Nachricht gleich mit Interesse aufgenommen. Sie wusste noch gut, wie sie bei ihrer ersten feierlichen Einladung als Verlobte des reichen Graziano Frangipane de Settesoli im Haus ihrer jetzigen Freundin verfolgte, wie deren Schwager Zeno, ein gutaussehender, wenn auch etwas arroganter und temperamentvoller römischer Ritter, sich über die kümmerlichen Bettler ausließ, die er vor dem Papstpalast auf dem Lateran angetroffen hatte – singend und tanzend! War ihm schon dieses Gebaren zutiefst lächerlich erschienen, so schüttelte er – und nicht nur er, wie sich in den Gesprächen danach herausstellte – geradezu entrüstet den Kopf darüber, dass Papst Innozenz diese Gestalten empfangen und ihnen sogar seinen besonderen Segen gegeben hatte.

Die einzige, die den Mut aufbrachte, Zeno bei seiner Schilderung zu unterbrechen, war Maria gewesen. Giacomina bewunderte die Gastgeberin, die vor allen offen aussprach, was auch sie dachte: „Was kümmert es dich, wenn ein Papst auch einmal auf die einfacheren Menschen einen Blick wirft? Das tut er sowieso viel zu selten!" Und sie erinnerte sich, wie in die plötzliche Stille hinein dann wenige Sekunden später noch einmal ihre Stimme erklang, versöhnlicher und glockenhell: „Weiß denn überhaupt jemand Genaueres über diese Männer? Woher kommen sie und was wollten sie beim Papst?"

Zeno, der zunächst eingeschnappt gewesen war, gab nun bereitwillig und friedfertig Auskunft. Er wollte ja keinen Streit, aus seinen verächtlichen Äußerungen hatte eher Verständnislosigkeit gesprochen.

Ebenso wie die anderen Anwesenden hörten Giacomina und Maria aufmerksam zu, als es hieß, dass ehemals reiche junge Männer aus der umbrischen Stadt Assisi ihr bisheriges Leben gegen eines in Armut und Bescheidenheit getauscht hatten und für diese Lebensweise, zu der sie das Evangelium inspiriert hatte, nun den Segen der Kirche erbaten.

„Das sind doch arme Irre – was wollen die beim Papst?" „Was soll das denn bedeuten?" „Die machen sich doch lustig oder wollen gar eine Art Umsturz, wer weiß?" Die Unruhe in der großen Halle wuchs, je länger Zeno erzählte. Doch der genoss die Aufmerksamkeit und berichtete nun gerne ausführlicher, was er vorher nur knapp und unsachlich angerissen hatte, dass nämlich der machtbewusste Papst Innozenz III. nicht nur gnädig mit den „Spinnern" umgegangen war, sondern ihnen sogar seinen Segen gegeben hatte. Was alle noch mehr verwunderte, war die Tatsache, dass er ihnen – einer kleinen Gruppe Männern unter der Führung eines gewissen Francesco – erlaubt hatte, als Laien zu predigen.

Die anwesende römische Gesellschaft war fassungslos. Wie konnte der Papst, der sich sonst all diesen ketzerischen Bestrebungen, wie man sie seit Jahren aus Frankreich hörte, so erfolgreich widersetzte, so etwas dulden. Dass hergelaufene Bettler ihnen in der Kirche sagen durften, wie man das Evangelium zu verstehen hatte! Unmöglich!

In der aufgewühlten Stimmung fühlte Giacomina auf einmal den Blick ihrer Gastgeberin auf sich ruhen. Maria saß im Gegensatz zu den anderen, die zum Teil aufgesprungen waren oder wenigstens aufgeregt gestikulierten, ruhig lächelnd da. In stiller und spontaner Komplizenschaft lächelte die junge Giacomina zurück – und von diesem Augen-Blick an entstand eine besondere Freundschaft zwischen den beiden Frauen.

Nach einer Weile, als die große Aufregung der anderen wieder abgeflaut war und der Abend seinen gewohnten Gang genommen hatte, zogen sich die Damen in einen angrenzenden Raum zurück. Herzlich ergriff Maria die Jüngere am Arm, stellte sie allen anderen vor, als würden sie sich schon lang kennen und wich den ganzen Abend nicht von ihrer Seite - stammte sie doch selbst aus der gleichen geographischen Ecke in Latium und hatte vor fünf Jahren in den römischen Adel eingeheiratet.

Gemeinsam war ihnen zudem eine Vorliebe für Ausflüge außerhalb ihres eigenen Kreises, soweit das möglich war. Daher blieb es beiden nicht verborgen, dass die Armut ringsherum zunahm, und sie empfanden es als Unrecht, dass die Herrschenden in Politik und Kirche sich so gar nicht um die Menschen kümmerten. Damit hoben sie sich von den anderen *donne*, die sie bei Festen und Gesellschaften trafen, ab - und wurden auch deshalb trotz eines Altersunterschiedes von fast zehn Jahren gute Freundinnen.

Ein paar Monate später heiratete Giacomina, die gebürtige Normanni-Erbin aus Torre Astura, ihren Graziano, einen geduldigen und liebevollen, wenn auch dem Temperament seiner beträchtlich jüngeren Frau nicht immer gewachsenen Adeligen der römischen Gesellschaft. Die Ehe, wiewohl von den Eltern der Braut eingefädelt, war glücklich – der kluge Ehemann gewährte seiner Gemahlin die Freiheit, die sie brauchte, und sie vergalt es ihm mit großer Zuwendung, Freundlichkeit und Liebe.

Ein gutes Jahr nach der Hochzeit kam die junge Frau mit einem gesunden Knaben nieder, was das Glück des Paares vollkommen machte und dem ehrwürdigen Geschlecht der Frangipani de Settesoli den ersehnten Stammhalter schenkte. Als Patin des kleinen Giovanni erwählte sie wie selbstverständlich Maria, die sich auch in der gegen Ende mühevollen Schwangerschaft rührend um ihre Freundin gekümmert hatte.

Bei ihren Gesprächen kamen die beiden Frauen immer wieder auf die Männer aus Assisi zurück. Leider hatten sie sich ihren Wunsch, diese kennenzulernen, zu spät eingestanden - die Gruppe war längst nach Umbrien zurückgekehrt. Doch auch in den Jahren danach kamen Maria und Giacomina nicht von dieser Frage los, warum sich die Gegensätze zwischen den unzähligen Armen auf den Straßen und den wenigen Vermögenden immer weiter verschärften, ohne dass die Kirche etwas dagegen tat: War doch Jesus selbst arm gewesen und hatte nichts besessen!

Die Freundinnen hofften auf einen Aufbruch – in den Kreisen des Papstes, aber auch bei ihresgleichen, im Adel und unter den reichen Händlern. Doch für solche Ideen ernteten sie nicht selten Spott, Hohn und Unverständnis. Im Stillen warteten die beiden darauf, dass sich wieder eine Gelegenheit böte, Francesco und seine Gruppe zu treffen.

Bis heute! Aufgeregt wandte sich Giacomina wieder an Maria und sah sie aufmunternd an. „Du sagst, sie sind in S. Paolo?! Dann sind sie da ja nicht nur übermorgen, sondern ich kann heute schon einmal sehen, ob ich einen von ihnen sprechen kann. Und jetzt hab' ich gerade Zeit! Ich muss sie sehen! Sofort! Kommst du mit?"

Noch von der Treppe aus, die vom Turmgemach herabführte, rief die Zweiundzwanzigjährige ihre Dienerin herbei, und befahl, ihr Pferd zu satteln und den Reitumhang zu bringen. In den knapp drei Jahren seit ihrer Heirat hatte Giacomina großes Ansehen im Haushalt der Settesoli gewonnen, da sie bescheiden war und für alle immer ein Wort des Dankes auf den Lippen trug.

„Maria, sag, kann ich so aufbrechen?" Sie war aufgeregt, und die Freundin, die die Impulsivität der Jüngeren schon kannte, lachte auf:

„Aber warum machst du dir Gedanken? Um die Armen von Assisi zu treffen, musst du dich nicht aufputzen! Francesco zitiert angeblich oft die Schönheit der Lilien auf dem Feld, die auch ohne Sorge um ihr Aussehen unvergleichlich sind." Sie schüttelte lächelnd den Kopf, und Giacomina war fast ein wenig beschämt.

„Du hast Recht. Natürlich! Wie dumm von mir! Aber irgendwie habe ich das Gefühl, dass ...", sie wusste selbst nicht recht weiter und brach ab. Wieder schüttelte Maria den Kopf und wandte sich dann zur Tür, die zum Zimmer von Giovanni führte, dem kleinen Sohn Giacominas. Mit ihrem Patenkind spielte sie, die auch nach acht Ehejahren immer noch kinderlos geblieben war, sooft sich die Gelegenheit dazu bot. „Was ist? Kommst du nicht mit?", fragte Giacomina, ihrerseits verwundert.

„Ich hab dem Buben doch versprochen, dass ich heute mit ihm spiele. Deswegen bin ich ja gekommen! Und weil mir unterwegs Padre Basilio von den Männern aus Assisi erzählte, hatte ich es zweimal so eilig", versetzte Maria. Als sie sah, dass Giacomina zögerte, fügte sie tröstend hinzu: „Aber Anna begleitet dich doch bestimmt, und sicher sind die beiden Stallburschen auch schon hoch zu Ross!"

Die Kammerzofe der Hausherrin, die sie in die neue Familie begleitet und ihr in vielen Schwierigkeiten bereits beigestanden hatte, kam in diesem Augenblick herein, knickste ergeben und nickte. „Ich habe auch gleich Beppo und Sebastiano Bescheid gesagt!" Giacomina nickte – sie wusste, dass es Graziano nie so ganz Recht war, wenn sie ohne ihn ausging. Anna verschwand lautlos, um wenig später zu melden: „Die Pferde stehen bereit, Herrin!"

„Schade, Maria! Aber ich werde dir auf jeden Fall alles berichten – sofern es überhaupt etwas zu berichten gibt…" Giacomina war wirklich etwas unsicher geworden, fasst sich aber schnell wieder: „Aber was soll´s? Ich reite einfach mal hin. Dann sehen wir weiter." Um es sich nicht doch noch anders zu überlegen, umarmte die junge Frau rasch ihre Vertraute, die ihr mit einer Mischung aus Belustigung und Besorgnis nachsah. Dieses Temperament! Ihr würde es genügen, übermorgen in der Kirche die Männer aus Assisi sprechen zu hören. Mit einem Lächeln auf den Lippen wandte sie sich nun endgültig dem Zimmer des kleinen Giovanni zu.

Giacomina jedoch ritt, als wäre die Zeit knapp, so schnell voran, dass Anna und die beiden Männer Mühe hatten, ihr zu folgen. Die Basilika von S. Paolo lag zwar vor den Mauern, aber die Strecke vom Palatin bis dorthin war nicht allzu weit, und die Herrschaften wohnten auch hin und wieder dort der Sonntagsmesse bei. So war der Weg vom Palast hinunter zu den Ruinen des alten heidnischen Zirkus und am Nachbarhügel Aventin mit seinen alten Kirchen vorbei eine vertraute Strecke – und Giacomina konnte nachdenken.

Kardinal Colonna, der vor etwa zwei Jahren dort auch ihren Sohn getauft hatte, stand ganz in der Nachfolge seines Vorgängers, des großen Bischofs Giovanni von Sabina, der einst die Männer aus Assisi aufgenommen und ihnen den Weg zum Papst eröffnet hatte. Er war ein gütiger Mann, bescheiden in der Lebensführung und aufgeschlossen gegenüber neuen Ideen. Giacomina hatte ihn in mehreren Gesprächen kennen und schätzen gelernt. Jetzt war er offenbar der Gastgeber Francescos. Bestimmt würde er sie vorlassen und eine Begegnung ermöglichen.

Mit diesen Gedanken steuerte sie das Pferd zum Castelletto, wie die Porta S. Paolo auch genannt wurde. Ab hier führte die Straße geradewegs zur ehrwürdigen Kathedrale. Als sie sich dem herrlichen Bau mit der seit jeher angeschlossenen Benediktinerabtei näherten, bemerkten sie trotz des Baustellenbetriebes, dass sich etwas Ungewöhnliches ereignet haben musste: Inmitten der Handwerker, die unter der Leitung des Pietro Vasaletto im Kreuzgang des Klosters tätig waren und zahlreich ein– und ausgingen, stürzten vier ärmlich gekleidete Männer die Kirchentreppe hinunter, als wäre der Leibhaftige hinter ihnen her!

„Das sind sie", flüsterte Anna, die neben Giacomina Halt machte. „Aber was geht da vor?" Die Angesprochene zuckte kurz mit den Schultern. Auf ihr Handzeichen hin hielt auch das Gefolge einige Meter vor der Kirche. Selbstbewusst schwang sich die schlanke, hochgewachsene Adelige vom Pferd, trat nach vorne und rief in Richtung des Portals, wo sich gerade ein Priester zum Gehen wandte: „Laudetur Jesus Christus! Warum werft Ihr diese Männer aus Eurer Kirche, Hochwürden?"

Sichtlich ungehalten drehte sich der Angerufene um.

„Werte Dame, das soll nicht eure Sorge sein. Das sind Diebe und Nichtsnutze, die nur das einfache Volk gegen uns aufwiegeln. Sie waren heute beim Papst, und jetzt haben sie hier nichts mehr verloren."

„Weiß Kardinal Giovanni Colonna, was Ihr hier tut? Ich bin mir sicher, dass er das nicht billigt!" Die Stimme Giacominas konnte schneidend sein.

Beinahe hämisch blickte der Geistliche nun die edle Frau an: „Seine Eminenz, der Kardinal, wird hier bald gar nichts mehr sagen. Es ist sicher nur noch eine Frage von wenigen Tagen, bis er ..." Er sprach nicht weiter, sondern machte ein scheinheiliges Kreuzzeichen.

Giacomina erschrak und erinnerte sich blitzschnell, dass sie den alten Bischof schon einige Sonntage zuvor in der Messe vermisst hatte. Aber dass es so schlecht um seine Gesundheit bestellt war! „Ich werde für ihn nach einem Arzt schicken!" gab sie zurück. „Sagt ihm derweilen die herzlichsten Grüße und Genesungswünsche von Donna Jacopa Frangipane de Settesoli!"

In diesem Moment, als sie immer noch unwillig in Richtung des Kirchenportals blickte und den Priester mit herrischer Miene zu beeindrucken versuchte, erklang rechts neben ihr eine Stimme, in der ein Jubelton mitschwang, wie sie ihn noch nie gehört hatte.

„Dann leuchten mir jetzt sieben Sonnen!"

Ruckartig drehte sie sich um und blickte in zwei dunkle Augen, die fröhlich und ein wenig verschmitzt ein schmales bärtiges Gesicht erhellten. Ihr Strahlen traf sie direkt ins Herz. Unwillkürlich, als wäre sie eben nicht noch verärgert über den Domherrn, wurde sie von unbeschwerter Heiterkeit erfasst und musste lächeln. Sette soli – sieben Sonnen, welch entzückendes Wortspiel mit ihrem Namen. Dabei hatte ihr Graziano schon in der Brautzeit erklärt, dass zum Herrschaftsbereich der Frangipani das einst von Kaiser Septimus Severus erbaute Septizodium gehörte, eine haushohe Brunnenanlage und technisches Meisterwerk der Antike. Dennoch war ihr klar, dass jeder, der ihren Namen Sette*soli* zum ersten Mal hörte, an die Sonne dachte. Das hatte ihr schon immer gefallen – erst recht in diesem Augenblick!

„Wenn ihr so naiv seid, dann nehmt ruhig dieses Pack in eure Obhut und lasst euch bestehlen. Was man hört, habt ihr ja genug Geld!" Mit diesen Worten riss der unangenehme Zeitgenosse auf der Kirchentreppe die junge Frau aus ihren Überlegungen.

Doch Giacomina blieb ihm nichts schuldig: „Das werde ich tun. Und ich bin sicher, dass es hier ganz andere Diebe gibt als diese Männer!"

Da zog sich der Priester in die Kirche zurück, und Giacomina wandte sich ganz dem zerlumpten Mann zu, der ohne Scheu wie selbstverständlich neben ihr stand. Er war ein wenig kleiner als sie, strahlte aber eine solche Souveränität aus, dass sie ihn nur stumm betrachten konnte. Seine drei Begleiter hatten ebenso sprachlos das Geschehen beobachtet wie das Gefolge der Settesoli.

„Sieben Sonnen! Und doch ist schon eine so schön wie nichts auf der Welt!" Die melodische Stimme schlug sie wieder in ihren Bann. „Mein Name ist Francesco und ich stamme wie meine Gefährten hier aus Assisi. Wir kommen gerade von einer Audienz bei Seiner Heiligkeit, und gestohlen haben wir absolut nichts – wie ihr schon richtig vermutet habt!", fügte er mit entwaffnendem Lächeln hinzu.

Giacominas Herz klopfte. Das war er, der Arme aus Umbrien, von dem sie schon so viel gehört hatte! Wie gut, dass sie das

Treffen nicht dem Zufall überlassen wollte und sofort hierher aufgebrochen war. Die drei wollten sicher heute wieder den Heimweg antreten. – Und übermorgen wäre es wieder zu spät gewesen, sie zu treffen. Was für ein Glück, dass Maria gerade rechtzeitig gekommen war! ... Die unverhoffte Begegnung erschien ihr wie ein Geschenk des Himmels und machte sie ganz benommen.

Als Francesco sich nun ganz der vor ihm stehenden Dame zuwandte und dabei ihre Hand ergriff, stieß Sebastiano einen Laut der Überraschung aus, hielt sich aber auf ein fast unmerkliches Zeichen seiner Herrin zurück und griff nicht ein. „Verzeiht, hohe Frau, aber dürfen wir wirklich in Euer Haus? Wir wollten auch nur noch zwei Tage bleiben, weil wir noch Freunde hier in Rom treffen wollten, die wir vor drei Jahren hier kennenlernten. Uns genügt ein Dach über dem Kopf, auch gern im Stall oder in einer kleinen Kammer. Und zu essen brauchen wir auch nicht viel."

Giacomina zögerte nur einen Augenblick: Wenn sie ihrem Gemahl – fromm wie er war – von ihrer inneren Sicherheit erzählte, dass dieses Zusammentreffen eine Fügung Gottes war, hatte sie keine Sorge, in seinem Namen vier Gäste für ein paar Nächte aufzunehmen. So drückte sie ihrerseits die schmale Hand Francescos, und richtete erstmals das Wort unmittelbar an ihn: „Es wird meinem Gemahl und mir eine große Freude sein, Euch und Eure Freunde zu beherbergen, und zwar, solange Ihr wollt!"

Wieder trafen sich ihre Augen, und in beiden lag tiefe Freude und das Glück des Augenblicks, den Beginn einer einzigartigen Freundschaft.

Es war in der Tat ein Leichtes für Giacomina, Graziano von der Notwendigkeit der Aufnahme der vier Männer zu überzeugen. Wie sie selbst war auch er äußerst erzürnt über die Behandlung, die sie durch den hochmütigen Priester erfahren hatten. Letzteren konnte er zudem nach den Schilderungen seiner Frau unschwer als Egidio dell´Armella identifizieren, mit dem seine Familie bereits in der Vergangenheit öfter im Streit gelegen hatte.

Herzlich trat der Hausherr auf die vier Männer zu, die sich ihm und der schnell herbeigerufenen Dienerschaft vorstellten. Auch Maria war mit Giovanni an der Hand in die Halle heruntergekommen, vom Lärm der Ankommenden angezogen. Unverhohlen, aber durchwegs freundlich musterten die Hausbewohner die kleine Gruppe. Außer Francesco waren es die Brüder Bernardo, Silvestro und der Priester Pietro.

Dass auch er die Verdächtigungen des Klerikers von S. Paolo gleichmütig hingenommen hatte, beeindruckte den selbstbewussten Adeligen tief: „Das kann man sich als Mann Ihres Standes doch nicht gefallen lassen! Ich werde dem Kardinal auf jeden Fall Bericht erstatten lassen, wie hier mit gottesfürchtigen Männern umgegangen wird! Dieser Egidio trachtet schon sehr lang nach höheren Weihen, nur ist der edle Giovanni zu gutmütig, um zu bemerken, wie hinterhältig er agiert!" Um seinen Worten Nachdruck zu verleihen, schlug mit der flachen Hand auf den Eichentisch, um den sich die Familie zusammen mit zahlreichen Gästen zum Essen versammelt hatte.

Giacomina wunderte sich über diesen Gefühlsausbruch ihres sonst so beherrschten Gatten ebenso wie die vier Brüder, von denen jedoch nicht der angesprochene Pietro das Wort ergriff. Vielmehr wandte sich Francesco selbst an den Herrn:

„Was würde es nützen, deswegen Streit zu beginnen oder zu hassen? Wir sind doch jetzt hier in ihrem Hause, werter Herr, und es geht uns besser, als es uns dort je ergehen hätte können!" Sein Lächeln und kindliche Freude hellten die Stimmung augenblicklich auf. Wie sanftmütig er sprach, mit beinahe zärtlicher, melodischer Stimme! Undenkbar, dass ihm jemand ernstlich widersprechen oder böse sein konnte!

In Giacomina regte sich eine Ahnung davon, welche Kraft gerade in der Bescheidenheit lag, und sie konnte sich gut vorstellen, dass dieser auf den ersten Blick unscheinbare Mann sogar den machtbewussten Papst beeindruckt hatte.

Ganz offen berichtete Francesco nun davon, wie aufmerksam Innozenz III. seinem Bericht über seine Brüder und auch über die Gruppe der frommen Frauen um Schwester Chiara, die sich seiner Lebensform der vollkommenen Armut angeschlossen hatten, zugehört und beiden Gemeinschaften seinen Segen gegeben hatte.

Währenddessen ließ der Hausherr das Essen auftragen und bat den priesterlichen Gast, das Segensgebet zu sprechen, bevor alle die einfachen, aber frischen Speisen und den guten Wein vom Landgut bei Orvieto mit Genuss und Freude zu sich nahmen.

Eine heitere und gelöste Stimmung bestimmte diesen Abend, die Gespräche wurden zunehmend vertrauter und auch die nächsten Tage vergingen wie im Flug.

Tagsüber waren die Männer aus Assisi viel unterwegs, besuchten Bekannte, predigten bei Gottesdiensten befreundeter Priester oder ließen sich von Giacomina die Stadt zeigen. Begleitet von ihren Dienern, mit denen Francesco auch sofort ein sehr herzliches Verhältnis hatte, boten die Edelfrau und der Bettler Francesco in der Öffentlichkeit ein seltsames Bild,

24

das nicht nur von den Damen der römischen Gesellschaft mit spitzer Zunge kommentiert wurde.

Als einmal aus dem Schutz einer Sänfte eine dunkle Frauenstimme herausrief „Jacopa, in welche Gesellschaft bist du denn da geraten? Oder was hat der Kleine da für Qualitäten, dass er dich begleiten darf?", blieb die Angesprochene wie angewurzelt stehen. Auch wenn sie ahnte, dass die Sprecherin niemand anders sein konnte als Sabina dei Dranghesi, die schon seit ihrer Ankunft in Rom über sie und ihre manchmal ungewöhnlichen Vorlieben die Nase rümpfte und gerne auch in Gegenwart anderer über sie herzog, traf Sie der spöttische Ton ins Herz. Sie blieb stehen, und ohne es zu wollen, traten Tränen in ihre Augen.

Francesco blickte sie an: „Kümmert Euch nicht darum, edle Freundin! Das ist nur Neid, weil sie gern an meiner Stelle mit Ihnen hier herumspazieren würde als in dieser engen Sänfte zu sitzen!" Einmal mehr gelang es ihm damit, ihr ein Lächeln ins Gesicht zu zaubern.

Doch ihr Ärger war nicht gleich verflogen: „Ihr kennt Donna Sabina nicht, Bruder Francesco, Sie würde nie, aber auch wirklich nie außerhalb des Hauses zu Fuß gehen. Solche Sticheleien der adeligen Römerinnen muss ich mir oft anhören, sie können mich nicht ausstehen, weil ich anders bin und vom Land komme, weil ich in meiner Jugend bereits Ehefrau und Mutter bin. Sabina dagegen ist kinderlos geblieben, und daher redet sie gern schlecht über andere! Sie beleidigt ja auch euch, einen Freund meines Hauses, und das kann ich nicht dulden." Die Klage sprudelte nur so aus der jungen Frau heraus.

Die Diener hatten sich vornehm abgewandt, aber Francesco hörte ihr mit offenem Blick und Interesse zu. „So wichtig bin ich Euch?" erkundigte er sich kaum vernehmbar.

Errötend schlug Giacomina die Augen nieder, als fühlte sie sich ertappt: „Ja!", flüsterte sie, wurde jedoch schnell wieder lebhafter: „Ich hatte mir schon vor Jahren gewünscht, Euch zu treffen. In Eurer Art, zu leben und den anderen Menschen zu helfen, erkenne ich viel von dem, was auch mich anzieht, wenn ich das Evangelium höre."

Jetzt wurde Francescos Blick geradezu zärtlich, leicht legte er seine schmale Hand auf ihren Arm. „Das ist ja wunderbar! Ihr könnt den Armen so viel geben, da bin ich sicher. Ihr seid mit einem klugen Verstand begabt und habt eine gewinnende, praktische Art. Naja, gewinnend nicht für jeden ...", er lächelte – und auch sie musste an die Umstände ihrer ersten Begegnung denken.

„Außerdem ist meine Familie reich", ergänzte Giacomina. „Viel zu reich, um vor Gott Gnade zu finden. Denn viel zu wenig davon kann ich den Bedürftigen geben. Ich komme mir oft so nutzlos vor!" Sie seufzte und ein Schatten legte sich auf ihre ebenmäßigen Züge. Sie runzelte leicht die Stirn und fing an zu erzählen, was ihr am Herzen lag: „Ich bin ja nicht nur eine Settesoli, sondern eine Frangipani, und mein Gemahl sagt immer, dass dieser Name verpflichtet. Brich das Brot, brich es mit allen, die es brauchen! Das war und ist auch sein Leitspruch! Er kann Schuldnern ihre Beträge erlassen, er kann Gutes tun. Aber ich?"

„Ihr leuchtet wie sieben Sonnen!" Francesco zitierte sich selbst, und die junge Frau musste lächeln.

„Für diesen Satz bin ich Dir so unendlich dankbar", brach es aus Giacomina heraus, doch sogleich rief sie sich zur Nüchternheit: „Oh, Verzeihung, ich wollte sagen, Euch, Euch bin ich dafür dankbar." Nun war Giacomina tatsächlich rot geworden. Sie ärgerte sich, dass ihr das Du so herausgerutscht war. Allzu oft nahmen sich die Damen und Herren der Gesellschaft heraus, alle, die nicht ihres Standes waren, einfach zu duzen. Das wollte sie grundsätzlich nicht, und nun war es ihr ausgerechnet bei Francesco, der fast neun Jahre älter war als sie, geschehen.

Doch ihr Gegenüber lächelte, nein, strahlte sie regelrecht an: „Ich hätte es von mir aus nie gewagt!" jubelte Francesco mit weit offenen Augen und ergriff ihre Hände. „Wir sind doch alle Gottes Kinder, ich fühle mich dir nah wie einer Freundin, einer Schwester. Wollen wir nicht dabeibleiben? Als Zeichen der Verbundenheit?"

Die Bediensteten, die sich untereinander angeregt unterhalten und von der Unterredung der Herrin nichts mitbekommen hatten, staunten nicht schlecht, als sie sahen, dass Francesco mit ungekannter Eleganz Giacominas Hand ergriff und einen Kuss andeutete.

„Mein Bruder Francesco!" „Meine Schwester Jacopa! Obwohl …", der Freund stutzte plötzlich, „… dein Verhalten, deine Tatkraft und auch der Mut, mit dem du dem Geistlichen in S. Paolo gegenübergetreten bist, das ist eher …", nun geriet er in Stottern, zumal ihn die junge Frau ein wenig zweifelnd ansah, „… eher wie bei einem Bruder, der einem zu Hilfe kommt. Gar nicht wie eine schwache Frau! Darf ich dich Bruder nennen?"

Ein Schmunzeln ging über das Gesicht der Angesprochenen. Schon ihr Vater hatte Sie einst im Scherz wegen ihrer lebhaften und spontanen Art als „seinen liebsten Sohn" bezeichnet! Wie oft hatte sie sich als Kind gewünscht, so wirken zu können, wie es nur Männern vorbehalten ist! Und wie gern hätte sie bei Gesellschaften an den Gesprächen der Herren teilgenommen; um Welten lieber als am Geschwätz der gelangweilten *donne*, denen es hauptsächlich um den neuesten Kopfputz und die aktuelle Mode ging oder die auch gern über

Abwesende – oder gut verpackt auch über Anwesende – herzogen! Erst die Geburt von Giovanni hatte sie mit ihrer Rolle und ihrer Aufgabe als Frau versöhnt, erst dieses wunderbare Gefühl, selber schöpferisch tätig geworden zu sein, selber an etwas Großen teilhaben zu dürfen.

Der Vorschlag des Freundes rührte also an einer alten Sehnsucht und so stimmte die schöne und sehr weibliche Giacomina ihm freudig und aus ganzem Herzen zu. Nun konnte sie ihn sogar umarmen, so wie Brüder es eben tun! Die neue Vertrautheit der beiden, äußerte sich auch in einer Giacomina angenehmen Ruhelosigkeit. Es hielt sie in den nächsten Tagen noch weniger als je zuvor in den Mauern des Palastes, sie unternahm Ausflüge in für ihresgleichen verbotene Viertel Roms und sah dort teilweise erschütternde Verhältnisse.

Francesco begleitete sie stets und half ihr, sich zurechtzufinden. Es beeindruckte sie tief, wie er mit den Armen umging, und wie selbstverständlich er selbst die Unansehnlichsten und durch Krankheit Entstellten in den Arm nahm und ihnen Mut und Kraft gab, ihr Schicksal anzunehmen. Ohne dass er Materielles an die Menschen weitergab, machte er sie glücklich. Und während Giacomina darunter litt, dass sie nur wenig von ihrem Reichtum geben konnte, stand er ihr bei und machte sie darauf aufmerksam, dass schon jeder Dank, jedes zurückgegebene Lächeln und jeder Schritt, den sie auf andere Menschen zu machte, mehr Licht in das Dunkel brachte.

Diese wenigen, aber intensiven Tage mit dem Freund, den ihr Gott geschenkt hatte, gaben Giacomina die Richtung für die Zukunft vor. Denn einmal musste der Abschied kommen, auch wenn die Brüder das Angebot der Verlängerung des Aufenthaltes mehrmals mit Freuden angenommen hatten.

Die Nacht vor der geplanten Abreise hatte Giacomina wach gelegen. Wie schlimm war es, hier im Reichtum zurückbleiben, ihn nicht mehr mit Francesco teilen zu können – denn ob sie ohne seine Begleitung weiterhin in die Armenviertel würde gehen können, war zu bezweifeln. Wie traurig war sie, ihn mit seinen Gefährten ziehen lassen zu müssen!

Sie hatte solchen Schmerz schon einmal erlebt, als sie ihr Vaterhaus verließ und nach Rom gebracht wurde. Aber damals mischte sich in das Heimweh auch neugierige Vorfreude und die Hoffnung auf eine glückliche Zukunft. Doch nun? Der Freund würde abreisen, und sie musste hierbleiben, im gewohnten Alltagstrott. Sie seufzte laut auf und erhob sich von ihrem Bett. Was könnte sie ihm noch mitgeben? Womit sein hartes Leben erleichtern? Ruhelos strich sie umher, und wie zufällig fand sie sich in der Küche wieder. Seit sie hier war, hatte sie nur selten diesen Raum betreten. Zu Hause war sie eine begeisterte Köchin und Bäckerin gewesen, aber hier … Graziano wollte nicht, dass seine Frau niedrige Arbeit verrichtete. Wie von unsichtbarer Hand gelenkt, griff sie in der Speisekammer nach verschiedenen Lebensmitteln. Sie waren genau richtig für ein Gebäck, das auch länger hielt und dessen Rezept sie auswendig wusste.

Voller Freude über den glücklichen Einfall hobelte sie Mandeln und schlug drei Eier auf, von denen sie ein Eigelb zunächst beiseitestellte, fügte Honig und ein bisschen Vanille und Salz dazu und rührte noch Dinkelmehl darunter. Zufrieden, dass ihr alles so gut von der Hand ging, machte sie eine Pause und suchte einen Becher, mit dem sie dann den flach ausgelegten Teig in kleine Plätzchen ausstach. Diese bestrich sie noch mit dem Eigelb und Milch, belegte sie mit den Mandeln und schob sie auf einem Blech in den Ofen, der glücklicherweise noch warm war. Von Giacomina mit lieben-den Blicken überwacht wurde das süße Gebäck zu einer

Abschiedsgabe, die sie einige Stunden später – in ein Linnen mit ihren Initialen gehüllt – Francesco überreichte.

1 Ei trennen, das Eiklar mit 125 g Zucker, 2 ganzen Eiern, Vanille und Salz schaumig rühren. Mit 375 g Mehl (mit Backpulver vermischt) zu einem Teig verkneten und 1 Stunde ruhen lassen. Dann ausrollen und mit einem Glas (6 – 8 cm) runde Plätzchen ausstechen. Das Eigelb mit etwas Milch verrühren und auf die Plätzchen streichen, darauf gehobelte Mandeln streuen und fest andrücken. Im auf 200 °C vorgeheizten Backofen etwa 10 Minuten hellgelb backen.

„Was ist das?" Erfreut, aber auch verwundert blickten seine Augen auf die Spenderin. „Nimm und iss, und denk dabei an mich!" Mehr brachte die übermüdete und traurige Giacomina nicht mehr heraus. Als sie spürte, wie ihr die Tränen in die Augen schossen, wandte sie sich leicht ab, aber der Beschenkte ließ nicht locker.

„Die sieben Sonnen sollen strahlen und nicht getrübt sein vom Abschiednehmen." Zärtlich drehte er sie wieder zu sich. Ohne auf die zahlreichen Umstehenden zu achten, warf sich Giacomina stumm in seine Arme. Ein paar Augenblicke hielten sie sich fest umschlungen, dann besann sich die junge Frau und ließ den Freund und Bruder los.

„Komm mich, komm uns besuchen, Bruder Jacopa!" Sie lächelte bei der Nennung ihres Namens und nickte schwach. Ob das möglich wäre? Sicherer war die Gegeneinladung: „Wenn du wieder nach Rom kommst ..." begann sie, und Francesco fiel ihr ins Wort: „dann werden wir nicht mehr in S. Paolo Unterschlupf suchen, nicht wahr?" Das beinahe schon fröhliche Kopfnicken Giacominas sah er nur noch aus den Augenwinkeln, da ihn in diesem Moment Silvestro und Pietro unterhakten und in Richtung Hoftor zogen.

Wann würden sie sich wiedersehen? Bisher hatten sie nie Pläne gemacht oder über die Zukunft gesprochen. Doch seine Worte klangen so zuversichtlich, dass Giacomina einfach beschloss, fest daran zu glauben.

Wehmütig sah sie der kleinen Gruppe hinterher, bis sie hinter der nächsten Ecke verschwunden war und fühlte sich plötzlich so allein, als gäbe es weder Graziano und Giovanni noch das Haus voller Bediensteter.

Mustaccioli – die Mandelplätzchen der Jakoba

Das Gefühl innerer Einsamkeit ließ Giacomina auch in den folgenden Wochen nicht los.

Wenngleich sich Graziano, der die Not seiner Frau bemerkte, besonders liebevoll um sie kümmerte und die Fortschritte des quirligen Giovanni ihr Freude bereiteten – eine unbestimmte Leere blieb in ihr zurück.

Auch Maria sprach sie bei einem ihrer nächsten Besuche darauf an: „Giacomina, mir scheint, dass du ihn vermisst." Als wäre sie bei etwas ertappt worden, schlug die Angesprochene ihre Augen zu Boden und erwiderte fast lautlos: „Was ..., wen meinst du?"

„Du weißt schon, an wen ich denke, meine Liebe!" Maria war fast belustigt und fügte neckend hinzu: „Der, um dessentwillen ich dich die letzte Zeit so wenig gesehen habe, den meine ich natürlich!"

Das war zwar nicht ganz richtig, weil Giacomina herzlich gern das Angebot ihrer Freundin in Anspruch genommen hatte, dass diese während ihrer Ausflüge mit Francesco auf den kleinen Giovanni aufpasste und mit ihm spielte. So hatten sie sich fast täglich gesehen, aber selten besonders lang. Und viel erzählt hatte Giacomina dann auch nicht.

Das holte sie jetzt sehr gern nach und berichtete ihrer Freundin ausführlich, wohin sie mit Francesco gegangen war, was sie erlebt hatten, wie er ihr Mut gemacht und ihr gezeigt hatte, ohne Scheu auf die Armen und Kranken zuzugehen, welche Gespräche sie geführt hatten und – ja, auch das – wie sehr sie darunter litt, dass diese Zeit nun vorbei war.

„Aber warum muss es denn gleich vorbei sein? Ich passe gern weiterhin auf Giovanni auf." Maria wunderte sich ein wenig. Ihre sonst so tatkräftige Freundin war ihr doch etwas zu mutlos. „Hast du mit Graziano schon darüber gesprochen?"

Giacomina schüttelte den Kopf. „Nein, ich habe das Gefühl, er ist froh, dass ich jetzt wieder mehr daheim bin. Er hat es zwar toleriert, dass ich so oft weg war, aber ich spüre, dass er nicht begeistert ist." Sie ließ den Kopf hängen und blickte zu Boden. „Ich weiß nicht, ob er nicht ein wenig eifersüchtig war oder ist."

„Eifersüchtig? Warum das denn? Da ist doch nichts ..." Marias Antwort kam spontan, und nun schüttelte sie ihrerseits den Kopf.

„Nein, natürlich hat er keinen Grund dazu. Aber vielleicht reden die anderen über mich, wie ich es bei Sabina einmal hörte." Giacomina sah nun ihre Freundin offen an. „Ich muss mit ihm reden. Vielleicht gerade deshalb, damit er nicht auf dumme Gedanken kommt. Ich muss ihm erzählen und ihm sagen, warum mir Francesco so viel bedeutet."

Maria lächelte sie aufmunternd an. „Du wirst sehen, dass deine Bedenken unbegründet sind. Graziano liebt dich. Er vertraut dir – und ich glaube auch, dass er Francesco im Stillen bewundert. Er wird dich unterstützen!"

„Ich danke dir, Maria!" Giacomina umarmte die Freundin spontan. „Du tust mir so gut. Es ist schön, mit dir reden zu können!"

Maria erwiderte die Umarmung herzlich und fügte hinzu: „Und ich finde gut, was du tust. Ich könnte es nicht. Aber ich passe sehr gerne auf den Kleinen auf, während du unterwegs bist."

Diese bereitwillige Zusage nahm der jungen Mutter eine ganz praktische Sorge, doch was sie gerade besprochen hatten, bedurfte noch einer weiteren Überlegung, bevor sie zu Graziano gehen konnte: Warum bedeutete ihr denn dieser Mann aus Assisi so viel?

Dabei bestand kein Zweifel: Francesco bildete auf keinen Fall eine Konkurrenz für Graziano oder ihre Familie. Sie empfand nichts Verwerfliches, wenn sie an ihn dachte, sondern Dankbarkeit, Freude, Begeisterung und – ja! – das Gefühl, endlich einem inneren Ruf folgen zu können.

Seit der Begegnung mit Francesco war der Grauschleier, der ihr Leben verhüllt hatte, wie weggezogen und ließ sie die Wirklichkeit ganz und vollständig sehen. Nur die Wirklichkeit?

Dass sie Graziano darum bitten würde, wieder zu den Armen gehen zu dürfen, das war ihr wichtig – aber letztlich vordergründig. Wenn sie in sich hineinhorchte, waren aber auch weit tiefere Schichten ihres Wesens berührt, sie fühlte sich zum Glauben inspiriert, mit Geist beseelt, Gott nahe. Worte, die ihr im Latein der Liturgie oder in religiösen Gesprächen zwar wichtig, aber blutleer und letztlich sehr fern vorkamen, hatten plötzlich eine reale Bedeutung für sie gewonnen.

Der Gedanke, dass ihr mit Francesco Gott begegnet war, kam ihr etwas blasphemisch vor, aber irgendwie war er nicht ganz falsch. Konnte man Gott in Begegnungen mit Menschen erfahren?

Erst am Abend war sie sich über ihre Gefühle soweit im Klaren, dass sie gegenüber ihrem Mann unbefangen von Francesco als ihrem geistlichen Begleiter, als Geschenk Gottes und als sprudelnder Quelle ihrer Inspiration, im Sinne des Heiligen Geistes zu handeln, sprechen konnte und um die Erlaubnis bat, natürlich in schicklicher Begleitung, aber sonst allein Besuche in den Armenvierteln Roms machen zu dürfen, die sonst eher gemieden wurden. Sie erläuterte ihm auch genau, was sie tun wollte, wohin sie zu gehen und was sie zu geben beabsichtigte.

Und Graziano hörte ihr aufmerksam zu. In seinen Augen stand keine Eifersucht, höchstens liebende Sorge – und Bewunderung. Als er sie schließlich in seine Arme nahm, wusste Giacomina, dass sie in ihrem Ehemann einen Verbündeten gefunden hatte.

So vergingen die nächsten Monate, und für manchen Armen war der Winter in Rom nicht so unerträglich wie in den Jahren zuvor. Giacomina hatte viel Zeit am Webstuhl verbracht und Lammwolle zu Decken und Tüchern verarbeitet.

Sie machte das gerne, zumal ihr in letzter Zeit das Gehen auf den schmutzigen Straßen schwerfiel und besonders der Gestank, der ihr aus den dunklen Häusern entgegenschlug, zu schaffen machte. Den Auftrag, die Stoffe an die von ihr bestimmten Empfänger auszuteilen, hatte sie daher an ihre beiden zuverlässigsten Diener übergeben.

Als sie eines Morgens vor Übelkeit gar nicht mehr aufstehen konnte, erkannte sie die Anzeichen und war sich sicher: Sie war wieder schwanger!

Drei Tage nach dieser Entdeckung klopfte es nachmittags an ihre Tür. Wieder einmal arbeitete sie an einer Lammwolldecke. „Ja, ich bin hier, tritt ein!", rief sie.

Herein kam Anna mit einem abgerissenen Bettler. Die impulsive Dienerin war wütend: „Entschuldigt, Herrin, aber dieser Kerl hat sich einfach Zutritt verschafft. Er müsse unbedingt zu Euch und hätte eine Botschaft!"

Seufzend winkte Giacomina ab: „Ist gut, Anna."

Der immer noch frierende Mann verbeugte sich leicht: „Ich danke Euch, edle Frau. In dem grässlichen Winter ist kein schnelles Durchkommen!" Giacomina unterbrach ihn etwas unwirsch: „Worum geht es denn?"

„Ich hab Nachricht aus Umbrien von Bruder Francesco an seinen Bruder Jacopa", kam stockend aus dem jämmerlich zitternden Mann.

Erschreckt starrte Giacomina ihn nun an und fragte: „Was ist mit ihm? Geht es ihm nicht gut? Was braucht er?"

„Er ist wohlauf und es geht ihm recht gut. Nur eben der kalte Winter! Aber ich soll die Botschaft ausrichten, dass das Mandelgebäck köstlich war. Und dass sich einige seiner Brüder, vielleicht auch er selbst, im Frühjahr wieder einmal nach Rom aufmachen werden. Er lässt bitten, dass ..." Giacomina war aufgesprungen und fasste den schmutzigen Bettler an beiden Händen – kalt und klamm wie sie waren.

„Ja, natürlich, er darf jederzeit kommen. Und auch seine Gefährten! – Entschuldigt, die Unterbrechung: Was lässt er bitten? Und – es geht ihm wirklich gut?" Der Mann nickte beklommen, die Überschwänglichkeit Giacominas war ihm unheimlich. Nun wirbelte sie auch noch herum und nahm die gerade fertiggestellte Decke an sich. „Bringt doch bitte dies ihm und seinen Brüdern. Jetzt im Winter kann er sie sicher gut gebrauchen!" Zärtlich strich sie über die warme Oberfläche des feinen Stoffes.

Zum ersten Mal lächelte der Bote. „Darf ich sie auf dem Weg auch schon benutzen? Es ist seit gestern so bitterkalt!" „Aber natürlich, Bruder ...! Ach, ich habe Euch noch gar nicht nach Eurem Namen gefragt. Wie unhöflich! Verzeihung!" „Ich bin Sebaldo, hohe Frau, und ich lebe noch nicht lang bei Francesco. Er hat es wohl als Prüfung für mich ausersehen, hierher zu kommen, bei dieser Kälte!"

Giacomina musste nun über den Mann fast lachen. Er war das harte Leben wohl noch nicht gewöhnt. „Wollt Ihr noch mit uns zu Abend essen, Sebaldo? Dann könntet Ihr euch ein wenig aufwärmen und mir in aller Ruhe erzählen, was Francesco Euch aufgetragen hat!"

„Gern! Ich muss aber heute noch zu Bischof Guido zurück." Sebaldo bemerkte, dass der Name seiner Gesprächspartnerin nichts sagte, und fügte erklärend hinzu: „In der Gesellschaft Seiner Exzellenz, des Bischofs von Assisi, bin ich hierher nach Rom gekommen. Nach den Begräbnisfeierlichkeiten werden die Herren heute wieder zurückreisen."

Ach ja, heute waren das Requiem und das Begräbnis von Kardinal Giovanni Colonna, der sich im Sommer noch einmal kurz erholt hatte. Doch sein längst geschwächter Körper hatte der eisigen Kälte nicht mehr standgehalten. Graziano war auch gerade dort, nur sie selbst konnte wegen anhaltender Übelkeit nicht mitgehen, was sie zunächst sehr bedauert hatte. Der verstorbene Bischof war einer der wenigen Kirchenmänner, der sich nicht nur mit der Vermehrung seines eigenen Besitzes beschäftigt, sondern immer auch ein Ohr für die Schwachen und Kleinen besessen hatte. Sie hatte die Hoffnung gehegt, er würde auch ihr zweites Kind taufen. Vergebens!

Rasch gab sie Anweisungen, für den Gast und sie ein frühes Abendessen mit reichlich heißer Suppe zuzubereiten, und ließ sich in der Zwischenzeit ausführlich von dem zutraulicher werdenden Sebaldo erzählen, was Francesco und seine Mitbrüder seit ihrer Rückkehr nach Assisi erlebt hatten.

Im Tal vor der Stadt hatten sie die erste Unterkunft bei den Ställen von Rivotorto aufgeben müssen. Beim Kirchlein Santa Maria degli Angeli in der Ebene vor Assisi, von dem ihr Francesco im Sommer erzählt hatte, hatten sie dafür über die Benediktiner vom Monte Subasio Unterschlupf bekommen. Giacomina lächelte; also hatte sich erfüllt, was er sich so sehnlich gewünscht hatte, denn sie wusste, dorthin hatte es ihn auch zuvor immer wieder hingezogen. Den Kontakt zu römischen den Benediktinern von S. Biagio a Ripa in Trastevere hatte sie ihm vermittelt – diesem Orden gehörte nämlich die kleine Kapelle in der Ebene vor Assisi. Sie erinnerte sich gern, wie froh er war, dass er in den Mönchen angenehme und verhandlungsbereite Gesprächspartner gefunden hatte, die mit ihren umbrischen Ordensbrüdern guten und häufigen Kontakt hatten und bei ihnen dann auch offenbar ein gutes Wort für ihn eingelegt hatten. Auch Giacomina hatte in einigen Gesprächen mit Kardinal Colonna, der ja ebenfalls Benediktiner war, ein paar Mal die Angelegenheit erwähnt. Nun war sie davon überzeugt, dass Francesco froh und glücklich über diese Entwicklung war.

Nach dem gemeinsamen Mahl verabschiedete sich Sebaldo herzlich von ihr, bekam neben der Decke noch ein paar andere Sachen, die Donna Giacomina in der Eile zusammengesucht und als nützlich empfunden hatte – für das Abschiedsgebäck hatte die Zeit nicht gereicht. Francescos Gefährte verbeugte sich dankbar und entfernte sich schnell in Richtung Bischofskirche, wo seine Reisegesellschaft sicher nicht auf ihn warten würde.

Als Giacomina dem dürftig Gekleideten nachsah, der barfuß durch den Schneeregen lief, stieg eine unbestimmte Sehnsucht in ihr auf – nach einem Gespräch mit Francesco. Doch die Freude darüber, dass er seinen Mitbruder zu ihr geschickt hatte, überwog schließlich die Wehmut. Sie fühlte sich ihm nah, auch wenn sie so weit voneinander entfernt waren.

Nach seiner Heimkehr fand Graziano eine überraschend lebhafte Gattin vor, die ihm freudestrahlend von Francescos angekündigtem Besuch erzählte und erst spät dazu bereit war, auch seine Berichte vom Begräbnis und den Streitgesprächen um die Nachfolge des gütigen Bischofs anzuhören. Immerhin – seine Gattin schien körperlich wieder wohlauf zu sein, und auch in den nächsten Tagen und Wochen war Giacomina wieder geschäftig wie ehedem.

Das Frühjahr kam schneller als erwartet, und solange es ihr beträchtlich wachsender Umfang zuließ, machte sich die werdende Mutter mit gewohnter treuer Begleitung auf den Weg, um den Armen zu helfen. Nun nicht mehr mit warmer Kleidung, sondern mit Saatgut und jungen Tieren, die für das kommende Jahr, in dem sie sicher wegen ihres zweiten Kindes weniger Zeit haben würde, für die Bedürftigen ein wenig Vorsorge bedeuteten.

Um Ostern herum kam Graziano recht aufgeregt von der Messe nach Hause und verkündete: „Papst Innozenz beruft ein Konzil ein! Sie haben es in S. Paolo verlesen. Es wird das größte und bedeutendste der letzten Zeit werden, weil viele Würdenträger aus aller Herren Länder eingeladen werden!

Und ..." Graziano wandte sich zur hochschwangeren Giacomina: „Es wird auch um die Minderbrüder von Assisi gehen!"

„Wird er seine Lebensform nun noch einmal verteidigen müssen? Meinst du, es gibt neue Gegner für ihn?" Giacomina war aufgeregt. In ihr kämpften Sorge und Zuversicht – die Szene vor S. Paolo war ihr noch lebhaft vor Augen. Zwar hatte der intrigante Egidio bei der Neubesetzung des Bischofsthrones das Nachsehen, was man im Hause Settesoli mit Genugtuung quittierte, aber es gab noch genügend Männer seiner Sorte, denen die evangeliumsgemäße Lebensweise der Brüder ein Stachel im Fleisch war.

Graziano, der die Sache weniger emotional betrachtete, aber auch hoffte, dass sich Giacominas Sorgen als unbegründet erwiesen, beruhigte sie damit, dass dies nur ein Thema unter vielen sei und sich die Stimmung nicht wirklich verschlechtert habe. So ganz konnte er seine Frau damit nicht zufrieden stellen. Denn auch dass er nicht genau wusste, wann das Konzil denn beginnen würde, enttäuschte sie. Unsicherheiten gab es ohnehin genug – auch das Kind in ihrem Leib gehörte dazu. Eigentlich hätte es nach ihrem Gefühl längst geboren sein müssen, aber es ließ sich Zeit. Solange es aber erkennbar lebendig war, hatte Giacomina keine allzu großen Bedenken.

Als eines Nachts plötzlich die Wehen einsetzten, kam dies beinahe doch unerwartet. Gott meinte es gnädig mit der jungen Mutter, und bereits nach vier Stunden hielt sie einen prächtigen, lebhaften Jungen im Arm, der heftig strampelte und sofort nach Nahrung verlangte. „Wieder ein Bub!" Die treue Anna, die auch diesmal nicht von ihrer Seite gewichen war, rief die Nachricht laut heraus. „Ihr seid von Gott gesegnet! Ich werde sofort Don Graziano benachrichtigen!" Aufgeregt lief sie nach draußen und ließ Mutter und Kind für eine kurze Weile allein.

Giacomina war überwältigt von dem Ereignis. Beim ersten Mal hatte sich alles so schleppend hingezogen, dass sie wirklich Angst vor dieser neuerlichen Tortur hatte. Doch nun lag dieses rosige Bündel an ihrer Brust, sog mit voller Kraft und wollte gar nicht mehr aufhören.

Gerührt blickte Graziano, der unbemerkt hereingekommen war, auf das innige Bild von Mutter und Kind. „Meine Liebste! Du machst mich zum glücklichsten Menschen!", flüsterte er. „Und wieder ein Junge!" Eine Zeitlang ruhten seine Augen auf den beiden. „Wie wollen wir ihn nennen, Giacomina? Sag, was meinst du?", forderte er sie spontan auf.

Beim ersten Kind hatte er es selbst bestimmt: Der Stammhalter hatte den Namen des Großvaters erhalten, der kurz vor der Geburt seines erstgeborenen Enkels gestorben war. Und nun sollte sie entscheiden? Ohne je zuvor darüber nachgedacht zu haben, drängte sich ein Name in ihr Herz und auf ihre Lippen: „Giacomo! Nennen wir ihn doch Giacomo!"

Graziano strich ihr sanft über die verschwitzten und dadurch ungewohnt dunkel scheinenden Haare: „Eine gute Idee! Es passt gut zu Giovanni – und ist auch ein schönes Zeichen, wenn er die männliche Form deines Vornamens trägt."

Daran hatte nun Giacomina nicht gedacht. Ihr war ganz spontan in den Sinn gekommen, dass Francesco davon gesprochen hatte, nach Santiago de Compostela zum heiligen Giacomo pilgern zu wollen - und das hielt sie für ein gutes Omen. Über Giovannis Namen hatte sich der ferne Freund auch sehr gefreut, da Giovanni ja auch sein eigener Taufname war. Erst später wurde er – der Vorliebe seines Vaters für alles Französische wegen – von allen Francesco gerufen.

Zärtlich betrachtete sie das kleine Wesen, das sich an sie schmiegte, bewunderte seine winzigen Fingerchen und Zehen und spürte den leichten Zug seines Atems an ihrer Brust. Mochte doch der Kleine einstmals ein so bemerkenswerter Mann werden wie der Arme aus Assisi!

Die nächste Zeit war sehr viel mehr von Freude geprägt als nach der Geburt ihres ersten Kindes. Weitaus weniger Angst, etwas falsch zu machen, und ihre größere Erfahrung machten sie zu einer glücklichen Mutter.

Einem Händler, der etwa einen Monat später in Richtung Perugia abreiste, gab sie ein kurzes Schreiben an Francesco mit, in dem sie ihm vom Familienzuwachs berichtete, ihm den Namen des Kindes und die Gedanken, die sie damit verband, anvertraute, sowie ihn herzlich einlud, beim kommenden Konzil ihr Gast zu sein.

Franziskusstatue vor dem Lateran in Rom

Doch der Konzilsbeginn ließ auf sich warten. Immer wieder verhinderten Auseinandersetzungen, in die entweder Papst Innozenz selber oder andere der eingeladenen Würdenträger verwickelt waren, dass es konkret wurde. Wenn sonst politische oder kirchliche Ereignisse für Giacomina wenig Bedeutung gehabt hatten – dieses eine sehnte sie herbei, sollte es doch das Wiedersehen mit dem Menschen bringen, den sie, je länger die Zeit der Trennung wurde, immer mehr vermisste: Francesco.

Sie war auf ihr Schreiben ohne Antwort geblieben – wahrscheinlich wurde auch er durch den wiederholten Aufschub hingehalten und hatte deshalb nichts mehr hören lassen. So vergingen Giacomos Taufe und sein erstes Lebensjahr, ohne dass sich eine erneute Begegnung abzeichnete. Und was an allgemeinen Nachrichten aus Umbrien kam, drehte sich um die Konflikte der verschiedenen Stadtstaaten und nie um die kleine und – wie Giacomina annahm – noch zu unbedeutende Gruppe um Francesco. Nur einmal wurde während eines Gastmahles beiläufig erwähnt, dass er nach Spanien gegangen war, und sie überlegte, ob er wohl nun seine Pilgerreise zu ihrem Schutzpatron, dem heiligen Jakobus, unternommen hatte. Sie hatten über diese seine Sehnsucht ja gesprochen.

Ab und zu erfuhr man auch über neue Niederlassungen der Gemeinschaft, und besonders unter den Frauen war auch die vollkommen neue und vielen ungehörig erscheinende Gruppe um Chiara Gesprächsthema. Dabei machten vor allem zweifelhafte Gerüchte, ja nicht selten anzügliche Bemerkungen die Runde, etwa dass die junge adelige Chiara nur dem ehemaligen Freund aus Jugendtagen nachlaufen würde.

Giacomina wusste es besser: Francesco hatte bei ihrer ersten Begegnung über die ungewöhnliche Tochter eines der

43

angesehensten Adelsgeschlechter Assisis berichtet, die heimlich aus ihrem Stadtpalast geflohen war und – nach einigen Abenteuern und Widerständen ihrer Familie – gemeinsam mit leiblichen und geistlichen Schwestern eine kleine Gemeinschaft bildete, und zwar in der kleinen Kirche San Damiano, von deren Kreuz her Francesco einst seine Berufung erfahren hatte. Von Anfang an hatte sich Giacomina aus ganzem Herzen gefreut, in diesen Frauen so etwas wie Weggefährtinnen gefunden zu haben – wenngleich sie sich bewusst war, dass für sie selbst eine Flucht aus ihrem Leben als Ehefrau und Mutter undenkbar war. So dachte sie in einer Mischung aus Bewunderung und Mitgefühl an Chiara und versuchte auch in Gesprächen mit Menschen, die diese Lebensform ablehnten, immer wieder, das Bild von ihr gerade zu rücken. Insgesamt drang jedoch wenig Neues über die streng in Klausur lebenden Schwestern oder über Francesco nach Rom – zu wenig für die Hausherrin am Palatin, die zwar geduldig wartete, aber immer unruhiger wurde.

Es blieb schwierig für Giacomina, jemandem anzuvertrauen, was in ihr vorging: Als zweifache Mutter, Herrin über ein großes Anwesen und Wohltäterin in den Armenviertel Roms mehr als beschäftigt, spürte sie doch immer wieder eine gewisse Leere. Sie sehnte sich sehr nach der Nähe und einem Gespräch mit ihrem Bruder Francesco.

Manches Mal versuchte sie, in sich hineinzuhören, um zu erspüren, was er nun sagen oder tun würde. Als sie etwa bei einer neu zugezogenen Familie eingeladen waren, hatte es sie unangenehm berührt, wie mit den Relikten der früheren Besitzer umgegangen wurde – pietätlos und verschwenderisch! Ein anderes Mal ärgerte sie sich über die Behandlung der Bediensteten, die vor ihren Augen geschlagen wurden, oder über die Prahlereien, wie streng die hauseigenen Aufseher waren und wie hart auf den Feldern vor der Stadt gearbeitet wurde, nur damit sich die Herrschaft in Rom an den erlesensten Köstlichkeiten gütlich tun konnte. In solchen Momenten wurde sie ganz still und schlug die Augen nieder, da sie weder Möglichkeiten sah, dagegen aufzustehen noch solchen Standeszwängen zu entkommen.

Es beunruhigte sie, dass sie alles hatte, was man sich nur wünschen konnte und deshalb auch von vielen Standesgenossinnen beneidet, ja sogar angefeindet wurde: zwei wundervolle gesunde Buben, einen liebenden Mann, ein schönes Haus mit angenehmer Dienerschaft, Landsitze, Pferde, Güter zum Verschenken und zum Dran-Freuen – und trotz alledem bohrte in ihr diese Unzufriedenheit, diese unstillbare Sehnsucht nach einem unbestimmten „Mehr". Meist zog sie sich nach derartigen Besuchen oder Gelagen in die kleine Hauskapelle zurück und suchte Trost im Gebet.

Als eines Sonntags das Evangelium vom reichen Jüngling verlesen wurde, fühlte sie sich geradezu ertappt: Sie tat zu wenig! Warum empfanden die anderen Reichen das nicht auch? Dass man Verantwortung trug, dass man seinen Besitz teilen konnte – oder wenigstens nicht auf Kosten anderer vermehren musste. Giacomina ergriff eine tiefe Verzweiflung, ihre Sehnsucht nach Francesco und ihre Suche nach einer Antwort, einer Richtung für ihr Leben wurde immer größer.

Als wieder einmal Maria bei ihr war, sie schon eine Zeitlang in alter Vertrautheit miteinander sprachen und Giacomina die Gelegenheit günstig fand, begann sie ganz spontan: „Ach, Maria, wenn nur endlich das Konzil stattfinden könnte!"

Die Freundin wunderte sich nicht schlecht über dieses plötzliche kirchenpolitische Interesse: „Was ist an dieser Versammlung so wichtig? Mir ist das ziemlich gleich", stellte sie lapidar fest.

„Es sollte ja auch um die Männer aus Assisi gehen, weißt du. Sie wollten auch wieder hier vorbeikommen und …" Maria fiel ihr ins Wort: „Sei doch froh, dass es aufgeschoben wird. Vielleicht würde es nur Ärger für Francesco und seine Leute bedeuten. Solange das Konzil nicht tagt, können sie sich ungehindert ausbreiten und die Gemeinschaft kann weiter wachsen." Maria schüttelte den Kopf, aber als sie merkte, dass die Freundin nicht überzeugt war, fügte sie mit einem schelmischen Grinsen hinzu: „Wart's nur ab, irgendwann wird dein Liebster schon wieder erscheinen! Was hab ich vor kurzem von einem Minnesänger gehört, der bei uns gesungen hat? *Der blideschaft sunder riuwe hat / mit eren hie, der ist riche./ Daz herze, da diu riuwe inne stat, / daz lebet jamerliche.*" Maria hatte den melodischen Singsang der Troubadoure gut imitiert, doch Giacomina schaute sie verständnislos an. „Das ist ein altes Lied von einem gewissen *Heinrich von Veldeke und* bedeutet: Wer Freude ohne Leid hat, /hier mit Ehren, der ist reich. / Das Herz, in dem das Leid wohnt, / das lebt jammervoll", erklärte die Ältere großmütig.

Auch wenn der gewollt lustige Tonfall nicht zu überhören war, fühlte sich Giacomina getroffen – ähnlich wie damals, als Sabina aus ihrer Sänfte so ungehörig über sie und Francesco gesprochen hatte. Das Wort „Liebster" hatte sich in ihr Herz eingebrannt, und dass danach auch noch ein Minnesänger zitiert wurde, gefiel ihr gar nicht. Ihre Beziehung zu Francesco ließ sich nicht mit solchen Liedern beschreiben, ja fast in den Schmutz ziehen. Das weckte ihren Zorn.

„Davon verstehst du nichts!", fuhr sie Maria an, und als diese nicht aufhörte, das Lied weiter vor sich hin zu summen und spitze Bemerkungen in diese Richtung zu machen, erhob sie sich, lief hinaus und kam erst nach einer kleinen Weile zurück – mit dem kleinen Giovanni an der Hand, der eine willkommene Ablenkung bot.

Zum ersten Mal hatte sich ein Schatten auf die Freundschaft der beiden Frauen gelegt, und es dauerte einige Wochen angespannten Schweigens über dieses Thema, bis sich die frühere Gelöstheit wieder einstellte.

Tatsächlich fühlte Giacomina sich vollkommen allein in ihrem Sehnen nach der ganz persönlichen Bestimmung ihres Lebens. Unverstanden von denen, die mit ihr lebten, suchte sie geradezu verzweifelt Zuflucht im Gebet und im Lesen des Evangeliums. Hier war sie Francesco nahe, und manchmal glaubte sie gar, seine Stimme hören zu können, wenn sie die Stellen las, über die sie gemeinsam gesprochen hatten. Die Heilige Schrift wurde ihr Trostbuch in dieser Zeit der inneren Leere.

Graziano war bestimmt kein eifersüchtiger Mann, aber dass es keine gute Idee wäre, immer wieder von ihrer Sehnsucht nach Francesco zu erzählen, wusste sie intuitiv. Nur den Kindern gegenüber konnte sie offen sein, vor ihnen redete sie oft darüber, wie schön es doch wäre, wenn der freundliche Gast, an den sich Giovanni noch erinnern konnte, wieder einmal käme. Der Kleine war es auch, der häufig nachfragte, wann es denn so weit sei.

Der kleine Giacomo dagegen hörte in den beiden ersten Lebensjahren über einen fernen Mann sprechen, der seiner Mutter viel bedeutete, aber wohl nie Zeit für einen Besuch hatte. Dass ihre Mutter darunter litt, spürten die beiden Kinder, helfen konnten sie ihr nicht. Allerdings blieb es – obwohl unausgesprochen und unvereinbart – das Geheimnis der drei, dass Francesco doch so oft in Gedanken bei ihnen war. Beide Söhne wuchsen auch ganz selbstverständlich damit auf, ihre Mutter zu den Armen zu begleiten, Brot und warme Sachen, Saatgut und Eier zu verteilen - und dabei zu erleben, dass es nicht allen Kindern so gut ging wie ihnen selbst.

Konzilsfieber

„In einem Monat ist es wohl wirklich soweit!" An einem Sonntagabend im Herbst 1215 hatte Graziano mit einigen Domherren des Laterans getafelt und kam kurz vor Mitternacht gut gelaunt zu seiner Frau, die er zu dieser späten Stunde ganz gegen ihre Gewohnheit noch wach vorgefunden hatte.

„Das Konzil? Wann? Was sagt man?"

Giacominas Gemahl lächelte über das Ungestüm seiner Frau: „Es dürfte wohl um das Fest des heiligen Martin herum so weit sein. Endlich können auch die eingeladenen Könige von Frankreich und Zypern anreisen. Und stell dir vor: Sogar die Patriarchen von Jerusalem und Konstantinopel werden erwartet!"

Das klang wirklich beeindruckend. Giacomina lächelte: „Dann hat sich das Hinauszögern doch gelohnt. Nun wird es tatsächlich das größte und glanzvollste Konzil der Christenheit werden!"

Zufrieden, als hätte er es eingefädelt, strich sich Graziano den Bart, in dem immer mehr graue Härchen Einzug gehalten hatten. Zu seiner Frau gewandt, meinte er nach kurzer Überlegung: „Wir werden sicher auch Gäste haben. Alle reden darüber, wer welchen Herrscher beherbergen darf. Irgendein königliches Gefolge, was meinst du?"

„Aber Liebster, wir haben doch schon Francesco unsere Zusage gegeben, dass er hier wieder wohnen darf!" Giacomina war bestürzt und ziemlich verunsichert. Graziano konnte das doch nicht vergessen haben! Sie würde dafür kämpfen, nicht einen unbekannten König mit seiner Dienerschaft zu beherbergen, sondern ihren Seelenverwandten mit seinen Brüdern.

Ihr Mann starrte sie an und meinte mehr belustigt als verärgert: „Die Minderbrüder können doch auch in den Stallungen wohnen, oder? Es schließt sich also nicht aus, dass …" Der Gesichtsausdruck Giacominas ließ ihn innehalten. Sie funkelte ihn mit einer Mischung aus Unverständnis und Wut an. So hatte er sie noch nie gesehen, aber es war ja auch mitten in der Nacht. Morgen würden sie über alles in Ruhe sprechen können. Begütigend murmelte er noch etwas und verließ ihr Gemach.

An Schlafen war nun aber für Giacomina nicht mehr zu denken: In den Stallungen! Die lagen am anderen Ende des Palatins. Francesco würde es sicher akzeptieren, aber wenn hier auch Gäste wären – wie sollte sie ihn da sehen? Dann wäre er nah und doch unerreichbar! So sähe das lang ersehnte Wiedersehen aus? Giacomina krümmte sich vor Schmerz auf ihrem Bett und weinte aus ganzem Herzen.

Am nächsten Morgen, als Graziano gerade aufbrechen wollte, kam sie mit hocherhobenem Haupt in die Halle, und sagte: „Ich habe den Brüdern aus Assisi mein Wort gegeben, dass sie hier im Haus Unterkunft nehmen können. Mein Wort als Donna Frangipane de Settesoli. Und ich werde es nicht brechen. Du kannst einem königlichen Gefolge ja eines unserer Landhäuser zur Verfügung stellen!"

Sprach's und drehte sich um. Ziemlich erstaunt blickte der Hausherr seiner Frau nach. Doch da er ohnehin nicht vorhatte, jetzt sofort Einladungen an ausländische Herrscherhäuser zu senden, schüttelte er nur den Kopf und ging seiner Wege.

In der folgenden Woche war die Stimmung im Haus so angespannt, dass die Bediensteten und sogar die Kinder spürten, dass Unheil in der Luft lag.

Giacomina erwartete täglich einen Boten aus Assisi, wann mit Francescos Kommen zu rechnen sei. Bereits am Tag nach Grazianos Konzilsankündigung hatte sie den Ölhändler aus Perugia, der seinen Ertrag in Rom abliefern musste, damit beauftragt, den Brüdern ihre Einladung zu überbringen. Graziano hörte sich derweil um, wo all die Gesandtschaften Unterkunft finden sollten. Er hatte es geschickt eingefädelt - es lief alles darauf hinaus, dass der junge römisch-deutsche Friedrich II., der im Sommer in Aachen als Nachfolger des legendären Kaisers Karl des Großen gekrönt worden war und nun auf dem Konzil allgemein anerkannt werden wollte, wohl die Gnade haben würde, im Haus der Settesoli einzukehren.

Als er am darauffolgenden Sonntag mit dieser Nachricht stolz nach Hause kam, empfing ihn seine Frau mit einem fröhlichen Lächeln. „Sieh mal, Graziano, …".

Er unterbrach sie ebenfalls freudig: „Stell dir vor, der junge Friedrich II. wird bei uns wohnen. Das ist eine Ehre, sag ich dir! Das ist nicht irgendwer, um ihn wird es beim Konzil auch wirklich gehen. Ihn wollten viele aufnehmen!"

„Das dürfen sie auch. Hier bei uns ist ein höherer Gast, um den es auch beim Konzil gehen wird. Und er ist heute schon angekommen!" Ihr strahlendes Gesicht verriet dem Hausherrn sofort, wen seine Frau meinte. Wie auf ein Stichwort hin öffnete sich eine Tür, und Graziano sah seine Vermutung bestätigt:

Höherer Gast! Das war ein guter Witz! In Lumpen, noch magerer als er ihn in Erinnerung hatte, barfuß und mit einem absolut ungepflegten Bart betrat Francesco den Raum. Und hinter ihm drängten sich etliche ähnlich gekleidete Männer herein, die ihn freundlich, und überhaupt nicht ängstlich ansahen. Hätte Graziano auch nur einen Funken Unterwürfigkeit oder Furcht in ihren Augen gesehen, wäre es ein Leich-

tes gewesen, sie hinaus oder zumindest in die Ställe zu ja-
gen.

Doch so! Mit einer Selbstverständlichkeit, als spräche er zu
einem Gleichgestellten, begrüßte der Bettler den Hausherren:
„Verehrter Graziano, wir freuen uns sehr, Euch zu sehen. Wir
sind heute nur acht Brüder, doch in einer Woche schon wird
unser Bischof, Seine Exzellenz der edle Guido, auch hier
Quartier nehmen. Er und sein Gefolge sind – wie wir auch –
so dankbar über das großzügige Angebot von Euch und
Eurer Gemahlin."

Der melodiöse Klang dieser Stimme, den er schon vergessen
hatte, entwaffnete ihn von einem Moment auf den anderen.
Nicht zuletzt die Ehre, wenigstens einen Kirchenfürsten beherbergen zu dürfen, trug dazu bei, dass Graziano zwar noch
einmal tief durchatmete, dann aber doch ein „Seid herzlich
willkommen!" murmelte – gefolgt von einer nur halb verständ-
lichen Entschuldigung –, und sich zum Gehen wandte.

Giacomina, die das Geschehen atemlos verfolgt hatte, drückte ihm nur noch rasch und dankbar die Hand, bevor sie sich –
weiterhin glücklich strahlend – ihren Gästen zuwandte. Endlich konnte sie wieder Francescos Nähe, seine Stimme, seine
Vertrautheit mit Gott genießen. An diesem Abend war sie
sprachlos vor Glück und Freude.

Lana

Es war noch einige Zeit hin bis zur Konzilseröffnung.

Bischof Guido hatte sich daheim in Assisi zwar schon über die noblen Beziehungen Francescos gewundert, als er dann aber von ihm die Episode vor S. Paolo fuori le Mura erfuhr, freute auch er sich darauf, die mutige und tatkräftige Adelige und ihre Familie kennenzulernen und hatte Francesco mit einigen Gefährten sofort losgeschickt, damit sie seine Ankunft vorbereiteten – gerade noch rechtzeitig, wie sich herausstellte!

Bevor der Bischof mit seinem Gefolge eintraf und das Konzil eröffnet wurde, hatten Giacomina und Francesco etliche Tage Gelegenheit, sich wieder gemeinsam den Armen zuzuwenden. In der Begleitung des Freundes wagte sich die Edelfrau zum ersten Mal auch in das alte und schmutzige Viertel Trastevere jenseits des Tiber, das sie bisher gemieden hatte, auch, weil keiner ihrer Diener bereit gewesen war, dorthin mitzugehen. Francesco dagegen war schon oft dort gewesen – vom Palatin war es ja nicht weit, und die Benediktiner von San Biagio, die unmittelbar am Ufer ein Hospiz unterhielten, gehörten zu seinen Unterstützern.

Nun erlebte sie mit Francesco sowie zwei weiteren Minderbrüdern selbst das enge Gassengewirr voller Unrat und Gestank und Getöse. Ihre mitgebrachten Decken wurden sie schnell los und das Brot war längst verteilt, als ein klägliches Jammern den ohrenbetäubenden Lärm übertönte. Es stammte von einem Lamm, das seinem Besitzer offenbar entwischt war, aber in diesem Moment brutal am Schwänzchen gepackt und wieder eingefangen wurde.

„Bruder, was macht ihr mit dem schönen Tier?", Francesco legte dem ärgerlichen Besitzer sanft die Hand auf die Schulter.

„Was wohl, du Bettler?! Es wird geschlachtet, das wird unser Braten für die nächste Woche!" Dem Mann leuchteten schon die Augen. „Und da wollte es wohl nicht mitmachen. Dort drüben ist der Fleischhauer!" Er zog das Tier am Schwanz hinter sich her; dessen Hufe versuchten vergebens irgendwo Halt zu finden. Verzweifelt blökend wurde es in Richtung Schlachtbank gezerrt.

„Haltet ein, ich bitte euch um der Gnade Jesu willen, der selbst zum Opferlamm geworden ist!" „Davon hab' ich und meine Familie nichts. Wir wollen was essen!", knurrte der grobe Kerl und baute sich vor Francesco auf. Da ertönte eine zarte Frauenstimme: „Hier habt ihr meinen Schal, Herr. Er ist gut und gerne so viel wert wie das arme Tier!"

Und der Angesprochene staunte nicht schlecht, als eine edle junge Frau ihren silbergewirkten Schal abnahm und ihm in die Hand drückte. Gleichzeitig ergriff Francesco den um den Hals des Lämmchens gebundenen Strick. Als hätte es verstanden, worum es ging, hörte das Tier augenblicklich auf zu blöken und schmiegte sich an das Gewand des neuen Besitzers. Giacominas Augen leuchteten mit der Sonne um die Wette: Endlich hatte sie wieder das Gefühl, etwas Sinnvolles zu tun! Francescos Blick traf den ihren – Bewunderung und eine zärtliche Vertrautheit lagen in seinen Zügen.

In den Gesichtern der Umstehenden spiegelte sich ungläubiges Erstaunen: Die hohe Frau hatte ihren kostbaren Schal gegeben, nur um ein mageres Lämmchen vor dem Schlachter zu retten. Und dann behielt sie es nicht einmal, sondern überließ es ihrem unansehnlichen, heruntergekommenen

Begleiter. Dieser nahm es jetzt auf den Arm und liebkoste das junge Tier.

„Was wollt ihr nun mit dem Lamm machen, Fürstin?", rief ein Halbwüchsiger in die Richtung des seltsamen Paares. Giacomina überhörte bewusst die Herausforderung, die in dieser Frage lag, und gab ruhig zur Antwort: „Ich schenke es meinem Bruder Francesco. Er wird ihm nichts zuleide tun. Bei ihm hat es das Lamm sicher gut."

„Eurem Bruder? Dieser Bettler ist doch wohl nicht Euer Bruder, edle Dame?", schrie eine Frau mit einer schäbigen Haube aus Leinen schrill dazwischen. „Das ist ja noch mehr zum Lachen als Euer ganzes verrücktes Verhalten! Was denkt Ihr euch eigentlich? Wollt Ihr uns zum Besten halten?" Sie lachte höhnisch auf.

„Wir sind doch alle Brüder und Schwestern vor Gott, gute Frau! Und auch die Tiere sind unsere Geschwister. Wir haben gerade das Leben von Bruder Lamm gerettet. Ich kann daran nichts Verrücktes finden!" Francescos unwiderstehliche Stimme verfing bei der primitiven Marketenderin nicht, die im Weggehen noch leise vor sich hin murmelte: „Ist klar, bist ja selber verrückt!"

Die meisten der zahlreichen Schaulustigen, die sich inzwischen um die Gruppe versammelt hatten, stimmten ihr mehr oder weniger amüsiert zu, es gab aber auch einige bewundernde Blicke und das eine oder andere verständnisvolle, aufmunternde Lächeln.

Francesco trat mit dem Lämmchen wieder näher zu Giacomina, die von Sebaldo und ihrer Gefolgschaft schützend umringt worden war, und legte es ihr in den Arm. „Nimm du es selbst. Du weißt, dass mir nichts gehören soll, auch kein Lamm. Es könnte mein Herz fesseln."

54

Fassungslos, dass sie nicht daran gedacht hatte, aber auch traurig über die empfundene Zurückweisung ihres Geschenkes sah sie ihn an. Erst nach ein paar Augenblicken hatte sie ihre Sprache zurück. „Francesco, dann lass mich es dir leihen – für dich zur Freude und für die Brüder wegen der Wolle und Milch. Ich bin keine Hirtin und nicht geübt im Umgang mit Tieren. Schlag mir diese Bitte nicht ab, und kümmere dich um das Lamm. Nimm es aus Liebe zu dem milden Gotteslamm, das unsere Sünden getragen hat!" Den letzten Satz hatte sie sich nicht überlegt, er war ihr spontan eingefallen, ohne dass sie genau wusste, warum. Aber gerade er war es, der Francesco überzeugte.

„Gut, ich nehme es aus Liebe zu Christus, dem Lamm Gottes, und aus Bewunderung für dich und deinen Mut, den du gerade bewiesen hast. Und ich danke dir von Herzen, mein mutiger und großzügiger Bruder Jacopa. Ich möchte das Tier Lana nennen, und du sollst seine Wolle verwenden, um für unsere Brüder und Schwestern hier", er deutete auf die armseligen Hütten ringsum, „wieder Mäntel und Decken herzustellen – wie die eine, die uns vor zwei Wintern Bruder Sebaldo von dir mitbrachte!" Dankbar lächelte er die Gefährtin an.

Diese trieb nun zur Eile. Es war nun doch schon spät geworden und es dunkelte bereits. Graziano wollte heute mit ihnen zu Abend speisen, um noch die letzten Vorbereitungen für die Ankunft Bischof Guidos zu besprechen. Am Sonntag sollte das Konzil beginnen – und für Francesco und Giacomina die Zeit ihrer tätigen Nächstenliebe enden.

Konzil

Pünktlich am Tag des heiligen Martin kamen alle Geladenen erstmals im päpstlichen Lateranpalast zusammen. Auch unter Bischof Guidos Gefolge herrschte eine angespannte Atmosphäre; sie überlegten, was wohl auf sie zukommen würde und was Papst Innozenz beschließen wollte. Dass er die Fäden fest in der Hand behalten würde, davon konnte man ausgehen. Niemand beherrschte das Spiel mit der Macht ähnlich gut wie er.

Francesco und seine Brüder verfolgten das Geschehen zunächst eher vom Rand aus. Auch Guido war bei aller Bedeutung, die er für Umbrien und für den neuen Orden hatte, nicht jemand, der sich für besonders wichtig hielt, er mischte sich daher eher selten in die Intrigen, die andere Bischöfe spannen, ein. Sein erklärtes Ziel war, den Minderbrüdern von Assisi keinen Schaden zuzufügen und sich für ihre endgültige Anerkennung als Ordensgemeinschaft einzusetzen.

Zum Glück hatte Francesco bei seinem letzten Besuch bereits die Ordensregel der Frauen um Schwester Chiara vom Papst bestätigen lassen, und seine Bruderschaft war ja auch schon mündlich genehmigt worden. Dass dies gerade im Klerus nicht gerade auf Begeisterung gestoßen war, hatte er schon zu spüren bekommen.

Und tatsächlich! Ein eigenes Dekret wurde im Konzil verlesen, das neue Ordensgründungen ab dem jetzigen Zeitpunkt ein für alle Mal ausschloss! Für zu groß hielten die Kleriker die Gefahr, dass noch mehrere Zellen entstehen könnten, die den häretischen Gemeinschaften, die sich besonders in Südfrankreich gebildet hatten, gedanklich nahestanden. Auch deren Ideale waren Armut und Brüderlichkeit. Dass sich Francesco jedoch ganz dem Papst unterworfen hatte und seine unumschränkte Autorität anerkannte, machte den bedeutenden Unterschied. Dennoch hatte man offenbar Sorge, diese Papsttreue bei weiteren Gruppierungen immer erst mühsam herausfinden und prüfen zu müssen und verbot daher weitere Neugründungen. Wer in einer religiösen Gemeinschaft leben wollte, musste sich einer bereits bestehenden anschließen oder zumindest eine der anerkannten Regeln übernehmen.

Solche Entscheidungen bewegten die Leute aus Assisi am meisten. Da aber Innozenz ihnen bekanntlich gewogen war und die Arbeit des Konzils wie bei den anderen Dekreten hauptsächlich darin bestand, die bereits vorgefertigten Beschlüsse zu billigen, mussten sie nicht einmal – wie befürchtet – Rechenschaft ablegen.

Francesco selbst stand dem Problem ganz unbefangen gegenüber. „Ich hätte auch gern wieder vor oder besser noch mit dem Papst gesprochen. Ich weiß ja, dass Innozenz ein offenes Ohr für uns hat! Und Gott hält seine schützende Hand über uns – er ist es ja, der mich genau hierhergestellt hat." Der erfahrene Guido atmete jedoch hörbar auf, dass es zu keiner Aussprache gekommen war. „Sei froh, Francesco, dass du nichts sagen musstest. Man weiß dann doch nie genau, welche Stimmung gerade herrscht."

Giacomina, die das Gespräch der beiden zufällig mitangehört hatte, war ebenfalls froh. Da sie die Meinung der römischen Aristokratie und vieler anderer Einflussreicher im Lateran kannte, hatte sie tatsächlich gebangt wie selten zuvor. Ihr Herz hatte gezittert, wieder und wieder suchte sie Trost im Gebet. Wenn es nun anders ausgegangen wäre und sie seine bereits aufgebaute Gemeinschaft zerstört hätten! Undenkbar!

Das Konzil dauerte keine drei Wochen – die weiteren Beschlüsse über die Häretiker, über die Juden und auch über den geplanten nächsten Kreuzzug wurden ebenfalls gebilligt, der junge Friedrich II. wurde zum König des Heiligen Römischen Reiches erhoben, und schon dachten die Gäste im Hause Frangipane de Settesoli wieder an ihre Abreise.

Giacomina konnte es nicht glauben. Die Vorbereitungen hatten doch so lange gedauert, und nun sollte es schon wieder vorbei sein! Wie sehr hatte sie gehofft, noch die Adventszeit mit ihren Gästen, vor allem natürlich mit Francesco, verbringen zu können.

Es war lieber Brauch und fester Bestandteil ihres Tagesablaufes geworden, dass sie viel Zeit miteinander verbrachten, an den Tagen der Konzilssitzungen gemeinsam beteten und Pläne für die Wohltätigkeit machten, die Giacomina nun vor dem Winter sehr intensiv betrieb. Ganz selbstverständlich suchte sie die Nähe Francescos, seinen Rat und seine seelische Begleitung. Auch er fühlte sich sichtlich wohl, wenn sie zusammen waren. Kleine Spötteleien der Dienerschaft und prüfende Blicke Grazianos prallten an ihnen beiden ab, und da letztlich alle sahen, dass nichts als geschwisterliche Harmonie ihre Zusammenkünfte und Beratungen prägte, verstummten auch die kritischen Stimmen schnell.

Dazu trugen nicht zuletzt die beiden Kinder einen großen Teil bei, da ihre Begeisterung für den Mann aus Assisi für alle zu sehen war. Francesco ging so fröhlich mit ihnen um, mit ihm konnten sie lachen, Unsinn machen und spielen, aber auch richtig ernsthaft reden – besonders der ältere Giovanni hing deswegen sehr an dem bescheidenen und weisen Gast.

Lana war ihr gemeinsames Haustier geworden. Sehr zutraulich begleitete es die beiden und die Kinder auf ihren Spaziergängen und bei ihren Gesprächen, und wenn Francesco zu den Konzilsberatungen musste, blieb es bei Giacomina und tröstete sie über die Abwesenheit des Freundes hinweg.

So war es kaum verwunderlich, dass Francesco am Vortag seiner Abreise das Tier in seine Arme nahm, es noch einmal küsste und streichelte und dann schnell an die Hausherrin überreichte: „Bruder Jacopa, jetzt übergebe ich dir deine Leihgabe wieder. Pass auf Lana auf, sie wird dich beschützen und begleiten. Lass es zu, dass sie bei dir ist - an meiner statt!"

Beim letzten Halbsatz versuchte Francesco erfolgreich, seine eigene Trauer über den Abschied zu unterdrücken, dennoch konnte Giacomina sehen, dass auch er mit den Tränen kämpfte. Von sich selbst wusste sie, wie schrecklich groß wieder die innere Leere sein würde, wenn er abgereist war, diese furchtbare Einsamkeit und die Sehnsucht nach ihm.

Nur äußerlich ruhig brachte sie heraus: „Gewiss, Francesco! Sie wird dich nicht ersetzen können, aber meine Verlassenheit doch bestimmt mindern." Sie überlegte kurz, ob es klug gewesen war, dies zu sagen, aber als er sie tröstend in den Arm nahm und „Du bist nie verlassen!" flüsterte, wusste sie, dass sie sich verstanden und sich sicher wiedersehen würden. Sie machte sich also wieder los und setzte Lana dabei auf den Boden. „Francesco, verzeih, aber ich muss in die Küche! Ich will nicht wieder erst in der Nacht beginnen, und du sollst morgen doch wieder meine Mandelplätzchen mit auf den Weg bekommen!"

Froh blickte der Angesprochene ihr nach, während sie den Abend dazu nutzte, das Gebäck herzustellen, das er so liebte. Alle Zuneigung und Freude über das Zusammensein legte sie in ihr Tun, und als nach einer kurzen Zeit die köstlichen Mustaccioli vor ihr lagen und nur noch über Nacht auskühlen sollten, verspürte sie eine innere Zufriedenheit wie lange nicht mehr.

Anders als vor dem ersten Abschied schlief sie gut und hatte Lana zum ersten Mal in ihrem Gemach. Sie wusste um Francescos Liebe und Nähe, um seine Freundschaft und innere Verbundenheit. Und wenn es noch so lang dauern würde, bis sie sich wiedersahen!

Stattdessen war Graziano merkwürdig tief getroffen, ganz im Gegenteil zu seinem Verhalten zu Anfang ihres Besuches. Vielleicht aber auch genau deshalb, überlegte seine Frau. Fast schmerzlich umarmte ihr Mann den Freund und wollte ihn kaum mehr loslassen. Auch die beiden Kinder kamen herangelaufen, und bei Giovanni flossen Tränen. Die Umarmung von Giacomina und Francesco fiel diesmal noch kürzer aus, mehr war einfach nicht nötig. „Danke für das Gebäck, Bruder Jacopa!" „Danke für alles, mein Bruder!" Alles war gesagt.

Straßenschild in Rom, Stadtviertel Trastevere

Verlust

Als hätte er es geahnt, gespürt: Graziano sollte Francesco nicht wiedersehen.

Die Vorbereitungen zum großen fünften Kreuzzug nahmen den Beginn des kommenden Jahres in Anspruch. Fast der gesamte römische Adel war dieses Mal beteiligt, und als es im Sommer losgehen sollte, platzte in die Aufbruchsstimmung im Hause der Frangipani de Settesoli die Nachricht vom Tod des Papstes. Ausgerechnet auf einer Reise nach Umbrien war der mächtige Mann nahe Perugia gestorben, plötzlich und unerwartet.

Graziano plante natürlich sofort, beim Begräbnis in der dortigen Kathedrale dabei zu sein – und Giacomina hatte vor zu prüfen, ob man vielleicht einen Besuch in Assisi damit verbinden könnte. Doch eine fiebrige Krankheit, die halb Rom lähmte, und der neben etlichen Bediensteten auch die beiden Kinder anheimgefallen waren, zwang das Ehepaar zum Bleiben. Wenig später bestimmte die Frage, wer denn der Nachfolger auf dem Stuhl des Heiligen Petrus werden sollte, alle Gespräche. Schnell, nur zwei Tage nach der Todesnachricht, wurde Honorius III. als neuer Papst ausgerufen. An dem Kardinal und ehemaligen Camerlengo war wohl niemand vorbeigekommen.

Der Beginn des Kreuzzuges verschob sich dadurch um fast ein Jahr. Erst im Sommer 1217 verabschiedete sich Graziano von seiner jungen Frau und den beiden kleinen Söhnen, um nie mehr heimzukommen.

Giacomina hatte die gesamte Zeit bis zur Abreise versucht, ihren Mann von der Idee, selbst am Kreuzzug teilzunehmen, abzubringen. Er war zwar ein kräftiger und guter Ritter - doch würde es nicht reichen, mit Geld und Spenden zu helfen? Sie verstand nicht, warum man den christlichen Glauben mit Krieg und Blut verteidigen und Andersdenkende töten sollte. Voller Angst um ihren Mann, aber auch voll Unverständnis für diese angebliche Pflicht versuchte sie Graziano zu überreden, bei ihr und den Kindern zu bleiben.

„Liebster, die Kinder brauchen dich. Sie sind doch noch so klein, und die Zeit vergeht so schnell. Es ist so schade, wenn du sie nicht täglich heranwachsen siehst. Und ich? Ich vergehe schon jetzt vor Sehnsucht. Ich habe Angst darum, dass dir etwas zustößt. Du weißt doch, wie es Francesco einst in Perugia erging!" Sie dachte an dessen Kriegserzählungen, die er bei seinem ersten Besuch auch dafür verantwortlich machte, warum er dieses arme und einfache Leben gewählt hatte.

Doch damit hatte sie ihrem Gemahl, der ihr Gerede im Stillen für weibisches, sentimentales Geschwätz hielt, offene Türen eingetreten. „Ah, wenn du es schon erwähnst, Liebste, ich hörte von unserem Weinlieferanten, dass Francesco sich in Brindisi mit uns einschiffen lassen will. Er nimmt am Kreuzzug teil, wie man hört. Ich hätte es auch fast nicht geglaubt, wenn man an seine Berichte denkt. Aber offenbar muss nur ein wenig Zeit vergehen, und schon fühlt auch er sich wieder wie ein Mann, der für seinen Glauben kämpfen und alles geben will!" Seine Augen leuchteten begeistert auf – ganz im Gegensatz zu denen seiner Frau. In ihnen erlosch gerade jedes Feuer. Fassungslos starrte sie Graziano an. Musste sie nun um gleich zwei Menschen, die sie liebte, Angst haben?

„Das kann nicht sein, das glaube ich nie und nimmer!" brachte sie heraus. „Er würde niemals in den Krieg ziehen. Ich bin mir da so sicher!"

„Und doch tut er´s! Komm einfach mit nach Brindisi, vielleicht kannst du auch ihn verabschieden." Graziano rührte an einen wunden Punkt. Giacomina weigerte sich standhaft, bis zu den Schiffen mitzureisen. Es war ihr bereits in ihrer Vorstellung zutiefst zuwider, die Kriegsbegeisterung der anderen Ritter mitansehen zu müssen. Ihr reichte die ihres Mannes, und daher würde sie zu Hause bei den Kindern bleiben. „Nein, Graziano, ich mute weder mir noch den beiden Knaben diese Reise zu!" Dazu schüttelte sie heftig den Kopf. Gedankenverloren betrachtete sie Lana, die es sich angewöhnt hatte, wirklich wie ein kleines Hündchen an ihrer Seite zu bleiben, egal ob sie wachte oder schlief.

Auch wenn – aus ihr unerfindlichen Gründen – Francesco sich dem Kriegsheer anschließen wollte, was hatte sie dort zu suchen? Jeder Mensch war doch ein Geheimnis! Obgleich sie es nicht verstand und immer noch nicht so recht glauben konnte, Francescos Beweggrund war sicher lauter. Vielleicht konnte er ja der Schutzengel sein, der ihr Graziano wieder unversehrt zurückbrächte!

Doch kam es, wie es kommen musste.

Knapp drei Monate nach der Einschiffung des adeligen Hausherrn in Brindisi erreichte ein Bote das ehrwürdige Haus am Palatin und brachte Kunde, dass er gleich in den ersten Auseinandersetzungen auf Heiligem Boden für seinen Glauben gestorben sei. Seine sterblichen Überreste waren an Ort und Stelle bestattet worden, nur sein Herz sollte, wie er selber es für diesen Fall festgelegt hatte, nach Hause zurückkehren. Dieses hatte der Bote in einem kleinen, fremdländisch verzierten Kästchen dabei. Wie erstarrt nahm es Giacomina entgegen. Sie hatte eine Nachricht erwartet, einen kleinen Gruß ihres geliebten Mannes, der ihr so sehr fehlte. Und nun sollte er nie mehr kommen! Die schöne Herrin schwankte, behielt aber so lange die Fassung, bis der Bote in die Gesindeküche weitergeschickt worden war, wo er noch Verpflegung für seine Rückreise bekommen sollte.

Dann aber musste sie sich setzen. Die Trauer übermannte sie, laut weinend umklammerte sie das Kästchen, krümmte sich über dem kostbaren Gut zusammen und war nicht mehr ansprechbar. Um ihre Herrin abzulenken, holte Anna die beiden Kinder herbei. Der sechsjährige Giovanni verstand schnell, was geschehen war, und brach in lautes Schluchzen aus, und der kleine Giacomo weinte natürlich auch gleich mit. Wehklage und Kummer prägten den gesamten Nachmittag, und auch zu Abend musste die nun vaterlose Familie von den Dienern zum Essen beinahe genötigt werden. Wenigstens die Kinder brachten ein paar Bissen herunter und fielen bald darauf in einen unruhigen Schlummer.

Giacomina hatte sich ein Lager im Zimmer ihrer Kinder richten lassen; sie hätte eine Nacht in ihrem Bett nicht ertragen. Dort waren Graziano und seine Nähe in ungezählten Nächten für sie so gegenwärtig! So bewachte sie, die ohnehin nicht schlafen konnte, die Nachtruhe ihrer beiden Söhne. Lana war selbstverständlich mit ihr umgezogen; das Tier war den ganzen schweren Tag nicht von ihrer Seite gewichen, und als würde es verstehen, was geschehen war, bemühte es sich, durch Anschmiegen die Trauer Giacominas zu mildern.

In deren Trauer mischte sich allmählich auch Angst, sehr konkrete, nackte Angst um ihre Zukunft. Innere Zwiesprache mit ihrem toten Gemahl führend, dessen Herzkästchen sie nicht aus den Augen ließ, wachend und betend, immer wieder leise weinend, lag sie wach da und versuchte sich zu ordnen.

64

Und so verbrachte sie die zweite Nachthälfte damit, zu überlegen, wie es mit ihr und ihren Kindern weitergehen sollte. Als der Tag graute, war sie entschlossen, das Erbe der Settesoli selbst so lange weiterzuführen, bis Giovanni alt genug sein würde, es zu übernehmen. Während der vielen Reisen Grazianos hatte sie sich einen tiefen Einblick in die Geschäfte verschafft, sie hatte Vertrauen zu ihren Bediensteten und war bereit, sich in neue Bereiche einzuarbeiten, wenn es nötig sein sollte.

Nach einem weiteren Tag und einer weiteren Nacht des Gebetes und der inneren Einkehr fühlte sie sich stark genug, die Begräbnisfeierlichkeiten für Grazianos Herz selbst in die Hand zu nehmen und damit auch gleich den Verwandten zu zeigen, dass es keinen Vormund oder anderen Hausvorstand für das Erbe der Frangipane de Settesoli brauchte. Alles sollte so ablaufen, wie er es gewollt hätte.

Als dann die Exequien vorbei waren, konnte Gaicomina, auch wenn sie viel Kraft gelassen hatte, mit einem gewissen Stolz und innerer Zufriedenheit auf das zurückblicken, was sie zu leisten imstande war.

Ein erstes Lächeln hatte außerdem die Bemerkung ihres Schwagers Stefano auf ihre Lippen gezaubert, als er anerkennend bemerkte: „Giacomina, du hast das Gefühl aufkommen lassen, als wäre doch ein Mann im Haus! Du bist nun mein neuer Bruder! Fra Giacomina!" Dass sie den Sprecher daraufhin lächelnd und ohne zu antworten umarmte, lag daran, dass sie ganz unmittelbar an Francesco denken musste. Ach, wäre es doch hier, um ihr beizustehen! Auch wenn sie um seine Verbundenheit wusste und durch Lana täglich an seine Freundschaft erinnert wurde, hätte sie doch viel darum gegeben, ihn bei sich zu haben und nicht auch noch um ihn, den sie ja nach wie vor im Heiligen Land vermuten musste, Angst haben zu müssen.

Veränderungen

Die kommenden harten Wintermonate waren für Giacomina angefüllt mit Arbeit. Die Verwaltung der Landgüter, die sich von der Toskana bis nach Kampanien erstreckten, musste sie bisher nicht wirklich kümmern. Am Anfang ihrer Ehe, bevor Giovanni geboren worden war, hatte sie Graziano aber immerhin zum einen oder anderen Gut begleitet. Nun war sie für alles selbst verantwortlich und froh, dass der Winter ihr eine Zeit der Eingewöhnung verschaffte. Sie ließ die Verwalter der Güter nach Rom kommen, soweit sie nicht schon zum Begräbnis gekommen waren, um Weiteres zu besprechen.

Viel musste sie nicht ändern; Graziano hatte immer gut gewirtschaftet und hervorragende, zuverlässige Lehensherren hinterlassen. Diese, froh, dass sie nach dem Tod des Herren bleiben durften, aber auch beeindruckt von der Tatkraft und Klugheit der neuen Herrin, versprachen, auch weiterhin alle Vereinbarungen einzuhalten und nach bestem Wissen und Gewissen zu wirtschaften. Und Giacomina ihrerseits verpflichtete sich, sobald es die Witterung zuließ, den Besitzungen Besuche abzustatten.

Natürlich zog es die junge Witwe im Frühjahr zuerst in Richtung Norden. Es drängte sie, endlich sichere Kenntnis darüber zu haben, ob Francesco im Heiligen Land war. Irgendetwas in ihr sagte ihr, dass das unmöglich sein könne. Sie hatte über ihre Verwalter und Händler zwar noch nie wirklich gesicherte Nachrichten bekommen - alles, was diese auf Nachfragen berichteten, kam nicht über die Glaubwürdigkeit eines Gerüchtes hinaus. Nach Grazianos Tod hatte sie an Bischof Guido eine Nachricht gesandt und mit der Bitte verbunden, die traurige Botschaft auch an Francesco weiterzuleiten. Nun war schon einige Zeit vergangen und sie hatte keine Antwort bekommen. Und doch: wenn sie in sich hineinhorchte, meinte sie sicher zu wissen, dass ihr Freund in Assisi und nicht im Heiligen Land war.

Die erste Wolle Lanas hatte sie sorgsam gesponnen und eine weiche, schöne Tunika für den Freund hergestellt. Mit ihr im Gepäck brach sie in den ersten warmen Frühlingstagen auf, um über Narni und Spoleto nach Marino, in das nördlichste Landgut der Familie, zu reisen. Assisi, an dem sie vorbeikommen würden, hatte sie noch nie bewusst wahrgenommen, auch wenn sie das Landgut und den Weg dorthin durch eine Reise vor etlichen Jahren schon kannte – doch damals hatte der Ort noch keine Bedeutung für sie.

Von Süden und der mächtigen Stadt Spoleto, an deren Stadtrand sie am Vortag ihre Zelte aufgeschlagen hatten, herkommend, erblickte sie als erstes die mächtige Burg und sah voller Freude auf die freundlichen und hell schimmernden Dächer am Bergrücken des Monte Subasio.

Doch sie musste Assisi nicht einmal betreten. Die ersten Kinder, die ihre Begleiter fragten, wo man denn Francesco finden könnte, sprangen bereitwillig den Weg voraus und kamen an einer kleinen Kapelle zum Stehen. „Hier ist es! Und er ist ja auch da, schaut!" riefen sie durcheinander, und Giacominas Herz füllte sich zum ersten Mal seit Grazianos Tod wieder mit Freude.

Wirklich, da stand Francesco – im Gespräch versunken mit einigen seiner Mitbrüder! Mühsam unterdrückte sie das Verlangen, sofort zu ihm zu laufen und ihm um den Hals zu fallen. Sie ließ sich jedoch schnell von ihrem Seitsattel helfen, bedankte sich bei ihrem geduldigen Pferd - und gab Befehle, die Truhe abzuladen, in der das neue Gewand enthalten war.

In diesem Moment wurde die kleine Gruppe auf die Neuankömmlinge aufmerksam. Sofort fiel der Blick Francescos auf die schmale, dunkel gekleidete Gestalt der Herrin, er sah in ihr Gesicht und wusste sogleich, was geschehen war.

„Liebster Bruder Jacopa, du kommst zu mir? Ich hätte in ein paar Tagen meine Sachen gepackt und wäre nach Rom gekommen!" Mit ausgebreiteten Armen ging er auf seine Freundin zu, und umarmte sie herzlich, was sie sich rückhaltlos gefallen ließ. Endlich spürte sie wieder Geborgenheit und so etwas wie Schutz; Tränen rannen über ihre blassen Wangen auf seine Schulter, und sie wusste selbst nicht, ob es Freude über das Wiedersehen oder noch immer der Schmerz über Grazianos Tod waren, die sie hervorriefen.

Sacht löste Francesco die Umarmung und strich ihr die Tränen vom Gesicht. „Graziano ist tot, ja? Ich hörte, wie sie beim Bischof darüber redeten. Requiescat in pace!" Er bekreuzigte sich voller Andacht. „Mein Gott, was für eine Prüfung für dich! Wie geht es den Kindern? Und wie geht es dir? Was machst du hier?" Auch er war erkennbar aufgewühlt von der Begegnung. Noch unter Tränen versuchte Giacomina seine Fragen zu beantworten. Sie hielten sich an beiden Händen. Wie gut tat es, ihm alles zu erzählen! So voll Mitgefühl und zärtlichem Verständnis trat immer nur er ihr gegenüber. Jetzt war es möglich, ihren Schmerz abzugeben, und alles, was sie auf dem Herzen trug und bisher in dem Bemühen, im Alltag zu bestehen, dort tief eingeschlossen hatte. Wie eine Quelle sprudelte sie ihren Kummer, ihre Trauer, ihre Sorgen, aber später auch ihre Pläne und Hoffnungen heraus.

Weder die Mitbrüder Francescos noch die Bediensteten Giacominas wollten die in ihr Gespräch Versunkenen unterbrechen, sie luden gemeinsam das Gepäck von den Pferden und Tragtieren und richteten rasch ein Nachtlager vor der Kapelle und den armseligen Behausungen der Minderbrüder.

Giacomina war mehr als froh darüber, dass sie ungestört mit ihrem Freund sprechen konnte. Endlich kam sie nun dazu, ihm das neue und so fein gewebte Kleid zu schenken.

Francesco nahm es mit einer eigenartigen Regung entgegen. Fast abwehrend schüttelte er den Kopf: „Das ist viel zu schön für mich, Bruder Jacopa! Wie soll ich das hier unter meinen Brüdern anziehen? Die helle Farbe sticht zu sehr heraus. Das kann ich nicht annehmen!" Giacomina war bestürzt. Lana hatte im vergangenen Herbst ihre Wolle dafür hergegeben – und sie Dutzende von Stunden liebevoller und auch heilsamer Tätigkeit, die sie aus ihrer Trauer herausgerissen hatten. Dabei hatte sie sich mit dem Gedanken an Francesco immer getröstet und beschützt gefühlt! Sollte das umsonst gewesen sein? Sie stand stumm da, ihre Augen füllten sich erneut mit Tränen, traurig senkte sie den Blick.

Er bemerkte ihre Verzweiflung, strich zärtlich über den feinen Stoff und reichte ihn ihr: „Ich wäre glücklich, wenn du es einem wirklich Armen schenken würdest. Ich bin doch schon so reich, nicht zuletzt, weil du heute da bist." Aufmunternd blickte er sie an. „Versteh mich doch, mein Bruder!" Doch Giacomina schüttelte nun ihrerseits den Kopf und gab fast trotzig zurück: „Nein, das kann ich nicht! Es ist Lanas Wolle, sie ist sehr fest. Und wenn sie schmutzig wird, kann man es wieder waschen."

Und sie erzählte ihm von den Stunden des Webens, die für sie Stunden der Vorfreude gewesen waren. Sie erzählte ihm von Lana, wie sie immer, wenn sie zu verschlafen drohte, von ihr geweckt wurde, dass das Lamm sie auch bis in die Kirche begleitete und ihr in der schweren Zeit nach Grazianos Tod geholfen hatte. Endlich akzeptierte Francesco die Liebesgabe und Giacomina war stolz und dankbar, als er am späteren Abend damit bekleidet aus seiner Behausung trat und sie stumm und liebevoll umarmte.

Die halbe Nacht verbrachten die beiden im Gespräch. Endlich konnte die junge Witwe ihren Kummer und ihre Belastungen, die sie seit Monaten so quälten, loswerden. Welchen Trost verspürte sie, weil er ihr so aufmerksam zuhörte, mit seinen liebevollen und aufmunternden Bemerkungen ihr Herz traf und nicht müde wurde, nach den Einzelheiten ihrer neuen Aufgabe zu fragen!

Sie bekannte auch, dass sie einige Male daran gedacht hatte, sich den frommen Frauen rund um Schwester Chiara anzuschließen, weil sie manchmal das Gefühl hatte, dies sei der Wille Gottes, und deshalb sei ihr Mann gestorben. Da die beiden Kinder aber noch so klein waren und sie so zärtliche Liebe für sie empfand, dass sie es nicht übers Herz brachte, sie bei Fremden aufwachsen zu lassen, hatte sie diese Überlegungen nicht in die Tat umgesetzt.

Francesco hatte dafür volles Verständnis: „Bruder Jacopa, es muss doch auch Menschen wie dich geben, die mitten im Leben stehen, mitten in der Welt, und die in ihr wirken, in ihr Gutes tun. So wie du es doch schon seit Jahren machst, seitdem ich dich kenne. Und ehrlich: Ich kann mir meinen starken und energischen Bruder Jacopa nicht gut in einem Frauenkloster vorstellen!"

Er lächelte bei dem Gedanken, und auch sie wusste tief in ihrem Herzen, dass es ein zu harter Schnitt wäre, alles aufzugeben. Nicht so sehr ihre Stellung und ihr Reichtum wären das Problem, sondern vor allem ihre Selbstständigkeit, ihr Durchsetzungswille, ihr Selbstbewusstsein, mit dem auch manche Männer nicht zurechtkamen. Sie nickte zustimmend:

„Es sollte vielleicht einfach noch einen weiteren Zweig in deiner Gemeinschaft geben, in dem Männer und Frauen, die nicht in einem Kloster leben können oder wollen, nach deinen Vorstellungen trotzdem ein gottgefälliges Leben führen können. Was meinst du? Ist das sehr abwegig?" Giacomina gefiel ihr plötzlicher Einfall, während ihr Freund sie erstaunt ansah und sichtbar nachdenklich wurde.

Sie saßen eine Weile stumm beisammen und hingen ihren Gedanken nach, als Anna, die schon geschlafen hatte, sich müde näherte und mit rauer Stimme ihre Herrin ansprach: „Es ist bald wieder Morgen, und wir sind doch hier nur auf der Durchreise und haben einen anstrengenden Tag vor uns. Kommt Ihr denn nicht in Euer Zelt?" Da erst spürte Giacomina ihre Müdigkeit. „Ja, jetzt ist ein guter Zeitpunkt, schlafen zu gehen!" beschied sie Anna und Francesco gleichzeitig. Sie zog sich zurück und war binnen kurzem in einen tiefen, traumlosen Schlummer gefallen.

Als die Gruppe am nächsten Morgen aufbrach, fühlte sie sich trotz der kurzen Nachtruhe merkwürdig erfrischt und voller Freude. Die Zeit der Ungewissheit, der Trauer und des Suchens war vorbei, sie empfand neuen Lebensmut und so viel Kraft, dass sie zwei Tage später in großer Zuversicht die Inspektion von Marino und einem kleineren Gut in der Nähe beginnen konnte.

Alle Verantwortlichen dort waren erstaunt und verwundert über das selbstbewusste und gleichzeitig freundliche Auftreten der neuen Herrin, die es verstand, die Herzen der Arbeitenden zu gewinnen. So legte sie den Grundstein dafür, dass Grazianos Erbe auch in den nächsten Jahren blühte und reiche Frucht trug – und auch dafür, dass alle, die damit zu tun hatten, in Wohlstand und Frieden leben konnten.

Nach ihrer Rückkehr nach Rom – der Heimweg hatte sie nicht mehr über Assisi geführt – dauerte es keine zehn Tage, bis Giovanni freudig zu seiner Mutter gelaufen kam und begeistert verkündete: „Francesco ist hier! Er steht unten in der Halle."

Giacomina hatte zwar gerade über wichtigen Briefen gesessen, aber die Ankunft des Freundes ging vor. Mit Giacomo an der Hand lief sie schnell die Treppen hinunter und fiel dem Neuankömmling um den Hals, während Giovanni schon seine Beine umklammerte. Er war mit seinen sieben Jahren zwar immer noch ein Kind, durch den Tod seines Vaters aber reifer als Gleichaltrige und wirkte viel älter.

„Dass du so schnell kommen würdest, hätte ich ja nicht gedacht!" stieß die Hausherrin freudig hervor. „Ich konnte gar nichts vorbereiten lassen! Und wie ich aussehe!" Selbstkritisch blickte sie an sich herunter, da sie daheim nur eine schlichte Tunika trug, wenn sie keine Gäste erwartete. Und in ihrer Freude hatte sie doch glatt vergessen, sich noch ein Obergewand überzuwerfen!

Jetzt erst bemerkte sie, dass er auch nicht allein war, sondern sich drei weitere Brüder bei ihm befanden, und sie erkannte die Gefährten der ersten Stunde, Silvestro, den Priester Pietro sowie einen noch sehr jungen Mann.

Francesco musterte sie unverhohlen und musste schmunzeln. „Ich kann über deinen Anblick nicht klagen, liebster Bruder Jacopa." Er fügte halb im Scherz hinzu: „Sollen wir wieder gehen, wenn es gerade nicht passt?" Schnell blickte Giacomina in sein Gesicht, um sicherzugehen, dass der letzte Satz nicht ernst gemeint war und gab rasch ihren Dienern Anweisungen. Francesco erklärte gleich den Grund seiner frühen Ankunft: „Papst Honorius hat uns zu sich gebeten und unser Gespräch als sehr dringend bezeichnet, und so musste ich schnell aufbrechen. Ich hatte schon befürchtet, dich noch nicht hier vorzufinden – und wir können auch nur zwei Nächte bleiben. Du warst jetzt auch länger unterwegs, seit wir uns gesehen haben, oder?"

Giacomina nickte. Wie gut war es gewesen, dass sie die eigentlich am Weg gelegenen Güter bei Orvieto nicht auch noch besucht hatte! Irgendwie hatte sie das Gefühl gehabt, heim zu müssen. Und da die beiden Ländereien auch in einer halben Woche von Rom aus zu erreichen waren, hatte die Reisegesellschaft gern ihrem Wunsch Folge geleistet und war schneller auf den Palatin zurückgekehrt als zunächst gedacht.

„Was will denn der Papst von dir?" Eine gewisse Sorge lag in ihren Zügen, und sie wurde durch Francescos Antwort verstärkt.

„Aus irgendwelchen Gründen lehnt er es ab, unsere Gemeinschaft als eine Gemeinschaft von Bettlern und Armen zu bestätigen. Er meint, wir brauchen Eigentum und Besitz. Aber dann ist das nicht das, was Gott von uns will!" Der sonst immer ruhige und beherrschte Mann war sichtlich erregt.

Und nun war es Giacomina, die ihn ermutigte, genau die rechten Worte fand, die ihm die Zuversicht zurückgaben, dass auch dieser Papst nichts dagegen haben konnte, wenn man das Evangelium so leben wollte.

Als er mit den drei Brüdern am folgenden Tag in Richtung Lateran aufbrach – gekleidet in Giacominas schönen Habit – hatte er neuen Mut gefasst und war nicht bereit, schnell aufzugeben. Die innere Stärke der Freundin, ihr Selbst- und

Gottvertrauen hatten auf ihn gewirkt. Er würde die richtigen Worte finden.

Giacomina, die sich nach ein paar Stunden in das oberste Geschoß des Hauses zurückgezogen hatte, um von diesem Aussichtspunkt die Rückkehr der Minderbrüder als erste zu sehen und die Stimmungslage einzuschätzen, konnte schon an den Schritten erkennen, dass es zumindest nicht schlecht ausgegangen war. Beinahe wie Kinder springend kamen die vier auf das Haus zugelaufen, Francesco allerdings am wenigsten lebhaft.

Dafür sprudelte es gleich aus Pietro heraus, als Giacomina sie begrüßte: „Es war unglaublich! Er hat den Papst überzeugt, nein, eigentlich hat er ihm gepredigt. Ein Gleichnis hat er ihm erzählt! Und jetzt haben wir ein päpstliches Empfehlungsschreiben als Wanderprediger!" Seine Freude war ihm und den anderen anzusehen, nur Francesco blieb recht ruhig.

„Was ist mit dir? Freust du dich gar nicht?" Giacomina war verwundert und berührte ihn sanft am Arm. Er legte seine Hand auf ihre, blickte sie an und meinte nur: „Es legt uns fest. Es legt uns auf diese Aufgabe der Predigt fest. Der Papst will uns festlegen." „Aber er hat euch weiterhin anerkannt, oder? Ist das nicht die Hauptsache?" Die Freundin verstand nicht so recht, und nun nickte Francesco dann doch leicht. „Ja, das war gut, da hast du Recht!"

„Er hat den Papst beschämt, würde ich sagen!" Silvestro setzte noch eines drauf. „Hauptsache, wir haben unsere Anerkennung!" Diese Worte bekräftigend klopfte er dem immer noch Zögernden auf die Schulter.

Der junge und bisher sehr stille Bruder – er wurde Tommaso genannt - fiel freudig in die Begeisterung der anderen mit ein und erzählte ausführlicher: „Francesco hat Seiner Heiligkeit in einer Art Gleichnis dargelegt, dass wir, seine Brüder, Söhne der Mutter Kirche seien - so gesehen von einer höheren Instanz längst legitimiert. So konnte Honorius gar nicht anders, als, diese höhere Instanz anerkennend, ihm seinen Willen zu lassen. Das war ganz schön mutig, fand ich!"

Sein jugendlicher Elan tat Francesco sichtlich gut, und schließlich setzte auch er wieder ein Lächeln auf. „Ja, lasst uns darüber froh sein! Es wird uns schon einiges erleichtern, wenn wir in fremde Länder kommen." Und nur für Giacomina hörbar fügte er hinzu. „Aber ich bin nicht darüber glücklich, dass wir wie die anderen Orden auch für eine Aufgabe eingeteilt werden. Wir können und wir sollen predigen, da und dort, als herumziehende Minderbrüder. Das ist jetzt unsere Aufgabe." Ein kleines, nicht unbedingt glückliches Lächeln stahl sich endlich auf seine Lippen.

Doch was er nun noch – wieder für alle Umstehenden vernehmbar – hinzufügte, war für Giacomina das Schlimmste, was sie nur hören konnte. „Und ich werde diese Aufgabe des Predigens annehmen und nächstes Jahr als Wanderprediger mit in den Kreuzzug ziehen."

Ihr Herz krampfte sich zusammen. Schreckgeweitet waren ihre Augen, dunkel wie zwei abgründige Seen, als sie nur herausbrachte: „Nein! Nein! Nein! Tu mir das nicht an!"

Brüsk drehte sie sich um, vergaß jede Höflichkeit ihren Gästen gegenüber und lief wieder nach oben, dorthin, wo sie die letzten Stunden voller Hoffnung und Bangen verbracht hatte. Diese Wendung war grausam! Kreuzzug bedeutete für sie Verlust und Tod, Leid und Verzweiflung. Das musste er nach ihrem Gespräch in Assisi doch wissen! Das konnte er doch nicht tun!

Damals hatte er ihr noch gestanden, dass er eine Teilnahme am Kreuzzug, der Graziano das Leben gekostet hatte, abgelehnt hatte, da er mehr Sinn darin sah, seiner immer größer werdenden Gemeinschaft den göttlichen Auftrag als Regel zu verkünden. Im Gegensatz zu den Gerüchten, die auch Giacomina gehört hatte, war er damals durch Italien gezogen und hatte den kleinen Gruppen, die an vielen Orten entstanden, seine Vorstellung von Leben nach dem Evangelium gepredigt.

Und nun das! Es waren Tränen der Hilflosigkeit, die sie weinte, und sie verzichtete darauf an diesem Abend für ihre Gäste zu sorgen. Die halbe Nacht verbrachte sie zurückgezogen im Obergeschoß ohne Trost, nur mit Lana, die instinktiv zu ihr gefunden hatte. Gemeinsam mit dem inzwischen recht großen Schaf kauerte die sonst so stolze Frau niedergesunken auf dem Boden ihres Zimmers. Nicht einmal das Gebet brachte Linderung. Wie konnte Gott das von Francesco wollen? Den Kopf in Lanas Fell vergraben, fand sie schließlich doch Schlaf, erschöpft wie sie war.

Kaum erwacht und noch immer benommen, machte sie sich aber ans Werk, wie an jedem Abschiedstag in die Küche zu gehen, solange die Köchin noch schlief. Und auch diesmal gelangen ihr die Mustaccioli wieder hervorragend, trotz der vielen Tränen, die mit eingebacken worden waren.

Auch wenn es ihr keiner gesagt hatte, sie ahnte ja bereits, dass die Brüder nun wieder nach Assisi zurückkehren würden. Und so war es auch.

Tief betroffen und mit rotgeweinten Augen trat die Hausherrin vor die in aller Frühe reisebereiten Minderbrüder.

Wie immer dankbar nahm Francesco die inzwischen traditionelle Liebesgabe entgegen. „Sei behütet!" brachte Giacomina nur hervor, was Francesco mit starker Stimme und großer Überzeugung aber umgehend korrigierte: „Beschützen wird mich unser Gott, Bruder Jacopa. Warum kannst du ihm denn nicht vertrauen?" Die Angesprochene wollte schon erwidern „weil er Graziano auch nicht beschützt hat", ließ es aber sein, als ihr Freund hinzufügte: „Er wird uns wieder zusammenführen, da bin ich mir sicher!" Er schloss sie in seine Arme und sie wünschte, er möge sie nie mehr loslassen.

Die beiden Kinder kamen herangelaufen, erspürten sofort die Niedergeschlagenheit ihrer Mutter und fingen gleichzeitig an zu schluchzen und darüber zu klagen, dass die vertrauten und freundlichen Männer schon wieder abreisen wollten.

Schließlich löste Giacomina die Umarmung selbst und beugte sich tröstend zu ihren Söhnen hinab. Mehr zu sich selbst als zu ihnen wiederholte sie immer wieder: „Sie werden schon wiederkommen. Ihr werdet sehen." Am Boden kauernd blickten die drei den scheidenden Männern nach.

Als Francesco mit seinen Gefährten durch das Tor ging, kam Lana herbeigesprungen. Er nahm das Tier in seine Arme, sprach mit ihm und schickte es wieder zu der kleinen Familie zurück. Als Giacomina es an sich drückte, verschwand die Gruppe hinter der Wegbiegung.

Angst

Noch selten war sie so unruhig gewesen. Selbst als Graziano zum Kreuzzug aufgebrochen war, hatte sie nicht solche Ängste ausgestanden.

In ihren immer wiederkehrenden Alpträumen wurde Francesco auf alle möglichen Arten gefoltert, von Speeren durchbohrt, von Krankheiten hingerafft, verstümmelt und misshandelt. Bei Grazianos Weggang überwog die Zuversicht, außerdem hatte er sein Gefolge und durch seine Ausrüstung auch einiges an Sicherheit. Er wollte ja unbedingt am Kreuzzug teilnehmen, es gab kein einziges Zaudern, trotz ihrer lebhaften Bitten.

Aber Francesco ging unbewaffnet. Er hatte nicht vor zu kämpfen, sondern zu predigen, wie der Papst es verlangte. Honorius hatte zwar, wie sie inzwischen wusste, keinesfalls an eine Predigtreise anlässlich des Kreuzzuges gedacht, aber sie eben auch nicht ausgeschlossen.

Nur selten wich daher die Beklemmung von der sonst so ausgeglichenen Herrin, und zwar meist dann, wenn sie mit ihren beiden Söhnen spielte oder wenn Lana, die ihr kaum von der Seite wich, sie zärtlich anstupste. Das hatte das Tier sich schon zur Gewohnheit gemacht. Es verging kein Morgen, dass Lana nicht nach dem Aufstehen Giacomina auffordernd ansah und sie zur Hauskapelle begleitete. Dort harrten beide eine Zeitlang aus, immer das gleiche Gebet auf dem Herzen: „Gib, o Gott, dass er überlebt! Lass mich ihn wiedersehen, bevor er stirbt! Führe ihn hierher zurück!"

Anfangs hatten solche Auftritte Spott und Verständnislosigkeit ausgelöst, aber irgendwann wurden sie als Marotte Giacominas amüsiert toleriert: Sonntags begleitete Lana die Herrin und ihre Familie in die Kirche – und die kindlich-lustig gemeinte Aussage von Giacomo „Lana ist jetzt an Francescos Stelle bei uns und geht immer mit uns mit" traf für Giacomina die Wirklichkeit recht gut. Als hätte Francesco dem Tier bei seinem Abschied diesen Auftrag gegeben, nun in dieser Zeit ihr Gefährte zu sein!

Nicht einmal die anstrengenden Aufgaben, die der außergewöhnlich verregnete Sommer an die Besitzerin zahlreicher Landgüter stellte, vermochten ihre Konzentration vollkommen zu binden. Aufgeregt und mit klopfendem Herzen verfolgte sie jede Nachricht aus dem Heiligen Land. Meist waren es beunruhigende Schlachtberichte, bei denen sie jedes Mal hoffte, dass Francesco nicht gerade an diesem Ort weilen würde.

Doch einmal gelangte eine der Geschichten bis nach Rom, und sie betraf ihren Freund.

„Francesco ist Anfang August in Ägypten an Land gegangen, in einer Stadt, die Damiette heißt! Die Kreuzritter, die schon seit mehr als einem Jahr die Stadt belagerten, waren zuerst belustigt und dann empört, dass da einer kam, der nicht kämpfte, sondern predigte, der die Botschaft des Friedens mitbrachte. Stell dir vor, er hat tatsächlich die Soldaten aufgefordert, nicht weiter zu kämpfen! Das ist doch auch wieder übertrieben. Das öffnet doch den Ungläubigen Tür und Tor zu den heiligen Stätten Jesu!" Maria hatte von ihrem Schwager Zeno, der kürzlich aus Ägypten zurückgekommen war, einiges an Informationen erhalten und war entsprechend beeinflusst. „Er wollte dann mit dem Sultan sprechen, also mit dem Anführer der Ungläubigen. Da meinten sie dann endgültig, dass er nicht bei Trost sei."

Giacomina hing an ihren Lippen. Leicht nickte sie mit dem Kopf. Natürlich, so musste es kommen. Wenn nur die Ritter in ihrer Kriegslust nicht gegen ihn wüten würden! Und so ein

Sultan? Was war davon zu halten, dass Francesco mit so jemandem reden wollte? Ungeduldig drängte sie die Freundin, fortzufahren. Ihre voreingenommene Haltung störte sie nicht einmal; sie wollte nur mehr über Francesco wissen.

Zum Glück wusste Maria noch weitere Details, doch meist nicht das, was Giacomina hören wollte. „Ja, er wurde ziemlich angefeindet. Noch dazu gab er dann freimütig zu, dass er gern das Martyrium erlangen würde – aber ein Martyrium für den wahren Frieden. Das hat die Ritter dann doch tief getroffen. Als wäre ihr Einsatz kein Martyrium für den Frieden."

Auch dem Schwager als überzeugtem Kreuzritter war eine solche Abgrenzung nicht geheuer - Giacomina aber traf das Wort „Martyrium" ins Mark. Mit vor Schrecken geweiteten Augen starrte sie auf Maria. Die bemerkte erst jetzt, was ihre Erzählung bei der Jüngeren ausgelöst hatte.

„Nein, nein, liebe Freundin, es ist ihm nichts passiert", schob sie daher schnell tröstend nach: „Aber Zeno sagt, er muss einen Schutzengel gehabt haben. Er ist mitten durch das Kampfgebiet gegangen, übrigens mit einem Mitbruder, und er ist sogar zu diesem Sultan vorgelassen worden. Da haben dann alle gemeint, dass es aus sein würde mit ihm. Einige Tage war er verschwunden. Doch dann wurde er in Ehren wieder zurückgeleitet – wie ein Gesandter eines Herrschers, der vermitteln wollte. Den Rittern hat er dann erzählt, dass er beim Sultan von Gott gesprochen habe. Stell dir vor, er hat versucht, den Ungläubigen zu bekehren! Das hat zwar nicht geklappt, aber getötet haben sie ihn auch nicht, dort bei den Feinden." Die Verwunderung darüber war der Erzählerin anzumerken.

Giacomina atmete auf. „Er lebt also noch!" Glücklich kehrte ein zaghaftes Lächeln auf ihr Gesicht zurück und sie umarmte die Freundin.

Die war aber noch nicht fertig: „Ja, aber nun macht er wohl etwas Eigenartiges, etwas, das ich noch nie gehört habe: Er hat die Kreuzritter in Damiette verlassen und wollte sich die Stätten des Lebens Jesu ansehen, dann will er die Heimreise antreten." Maria schüttelte den Kopf und schob nach: „Aber ob das geht? Dort wird ja überall gekämpft." Der Nachsatz traf Giacomina nun wiederum. Doch sie versuchte, sich an dem Wort „Heimreise" festzuhalten, das so einfach und friedlich klang wie die Momente der Rückkehr, die sie nach jeder Inspektionsreise am Palatin erlebte, wenn sie ihre beiden Kinder wieder in die Arme schließen konnte.

Jakoba-Ikone in S. Francesco a Ripa

81

Es dauerte noch fast ein Jahr, bis im Frühsommer 1220 eine dreiköpfige Gruppe ungepflegter Männer vor der Residenz der Settesoli in den nördlichen Abruzzen bei Urbino auftauchte und um Einlass bat. Die beiden Kräftigeren stützten in ihrer Mitte Francesco. Giovanni, der im Garten gespielt hatte, erfasste die Lage schnell, ließ die Tore öffnen, rannte auf die Männer zu, unter denen er sofort Francesco erkannt hatte, und brachte sie in eines der Gästezimmer.

Seine Mutter war in den verstreuten märkischen Ländereien unterwegs und würde erst abends von ihrer Inspektion zurückkommen.

„Wie kommt ihr denn hierher? Woher wusstet ihr, dass wir hier sind?" Der Knabe bestürmte die überraschenden Besucher mit Fragen.

„Man hat uns im Dorf gesagt, dass die Herrschaften Frangipani de Settesoli hier ein Landgut haben und sogar hier sind." Der jüngste der Brüder war am gesprächigsten, während die beiden anderen sich erschöpft auf die Felle am Boden hatten sinken lassen. „Ich bin Fra Illuminato d`Arce. Francesco ist krank, er sieht kaum mehr etwas! Wir mussten schon auf einer Insel vor Venedig längere Zeit Station machen, weil er nicht mehr konnte. Es erschien uns wie ein Wink Gottes, als wir das heute hörten. Vielleicht weiß deine Mutter Rat – oder sogar einen guten Arzt. Es gibt so viel für ihn zu tun, es herrscht so viel Ärger. Es gibt immer mehr Mitbrüder, die Besitz und Macht haben wollen."

Giovanni verstand nicht wirklich alles, was den sichtlich erregten Freund Francescos so aufbrachte. Er brachte etwas zu essen und zu trinken und ließ dann einen Reiter nach seiner Mutter schicken, damit sie schneller zurückkomme.

Schon knapp eine Stunde später führte er Giacomina in den abgedunkelten Raum, in dem die drei Brüder – inzwischen schon ein bisschen munterer – zusammensaßen und sich leise unterhielten.

„Francesco! Wie sehr hab' ich mich auf diesen Moment gefreut!" Mit ausgebreiteten Armen lief die Hausherrin – noch in ziemlich staubiger Reitkleidung – auf den Freund zu. Der erhob sich nur mühsam, seine getrübten Augen suchten ihren Blick, doch sein Lächeln hatte nichts von seiner Ausstrahlung verloren. „Bruder Jacopa!" Auch seine Stimme klang nicht so matt, und die Angesprochene, die zunächst bestürzt über die offenkundige Gebrechlichkeit ihres Freundes gewesen war, wagte es, ihn kräftig zu umarmen.

„Was fehlt dir? Was ist mit deinen Augen? Was haben sie mit dir gemacht?" Sorge und Liebe sprachen aus ihren Worten und Blicken.

Wieder war es der junge Fra Illuminato, der die Aufklärungsarbeit übernahm. Er erzählte von der Predigttätigkeit Francescos, die ihn nach seinem Aufenthalt in Damiette noch in das Heilige Land geführt hatte, er berichtete von Friedenspredigten in Jerusalem und Betlehem, vom Unverständnis der meisten Kreuzritter – und schließlich davon, dass vor einigen Wochen Bruder Bartolomeo, der dritte im Bunde, aufgetaucht sei, weil die Gemeinschaft der Brüder so zerstritten war, dass es sinnvoller erschien, dass Francesco erst einmal dort wieder für Frieden sorgen solle.

Bartolomeo ergänzte, dass das Augenleiden Francesco aber schon vor seiner Ankunft in Palästina geplagt habe. Sie hätten sich dann zu dritt auf das nächstbeste Schiff nach Italien begeben, waren bei Venedig gelandet und auf dem Rückweg nach Assisi, wo sie von der Anwesenheit der herrschaftlichen Freundin gehört hatten. Der besorgte Bruder sagte auch gleich offen, was er sich erhoffte: „Ihr kennt doch bestimmt einen guten Arzt. Ich habe so Angst, dass er blind wird, Herrin! Er nimmt das alles zu leicht!"

Endlich ergriff Francesco das Wort. „Ich nehme es nicht leicht, aber es ist einfach einmal so." Leise fügte er hinzu: „Viel mehr schmerzt mich aber, dass ich gescheitert bin."

Er klang bitter, und Giacomina widersprach sofort: „Was soll das heißen? Nur weil sie dort nicht auf dich gehört haben? Das hättest du wissen können. Ich bin auch bei Graziano auf taube Ohren gestoßen, als ich von Frieden sprach. Oder meinst du, du bist gescheitert, weil sie dir nicht den Märtyrertod bescherten? Dann muss ich dir aber sagen, dass ich sehr glücklich darüber bin." Es sollte vergnügt klingen, aber die sichtbare Trauer des Freundes ließ sie stocken.

„Ich bin gescheitert, weil sie nicht so leben wollen wie ich. Nicht so arm, nicht so ungeschützt. Sie wollen bauen, sie wollen Sicherheiten, sie wollen Eigentum. Eigentlich wünschen sie sich einen Orden wie den des heiligen Benedikt. Aber das wollte ich doch nie!" Und leise fügte er hinzu: „Das wollte Gott nicht von mir!"

Besänftigend legte Giacomina, die begriff, dass er von seinen Minderbrüdern sprach, ihre Hand auf seinen Arm. „Jetzt musst du erst einmal wieder gesund werden. Weißt du, was das für eine Augenkrankheit ist?" Sie musterte seine Augen und vermisste am meisten das sonst so deutlich erkennbare Feuer in ihnen. Ihr war klar: Jetzt galt es schnell zu handeln! „Wir kehren nach Rom zurück!" beschloss sie. „Giovanni und Giacomo, sagt allen Bescheid. Wir brechen noch heute auf!"

Die beiden Jungen liefen davon und gaben die Nachricht weiter. „Die Inspektionen sind sowieso gut verlaufen. Ich kann das verantworten!" bog die Herrin einen Einspruch, zu dem Francesco ansetzte, ab. „Jetzt bist erst einmal du wichtig!" Ohne auf seinen überraschten Blick zu achten, ließ sie alles packen und alle Vorkehrungen für die lange Rückreise nach Rom treffen. Der geräumige Reisewagen wurde für die beiden Kinder und die drei Brüder zurechtgemacht; Giacomina selbst bestieg wieder ihr Pferd – und nach zwei Stunden war die Gesellschaft unterwegs in die Stadt.

Als sie am nächsten Tag das Gebirge hinter sich gelassen und bei San Giustino den Tiber, der nun ein schnelleres Fortkommen ermöglichen würde, erreicht hatten, schlugen sie wiederum ein Lager auf, in dem die Reisenden eine kurze Nacht verbrachten. Denn schon beim Morgengrauen trieb die besorgte Herrin ihre Bediensteten, Söhne und Gäste wieder zum Weitermarsch an. Sie war trotz ihrer Müdigkeit – seit zwei Tagen war sie auf den Beinen bzw. saß auf ihrem Pferd – hellwach. Ständig fragte sie sich, wie er wohl zu ihr gefunden hatte. An einen so großen Zufall konnte sie kaum glauben. Hatte Gott seine Hand im Spiel gehabt? Was war nun ihre Aufgabe?

Zunächst war diese klar umgrenzt: Sie sollte Francesco pflegen und mit Hilfe ihrer Ärzte wieder gesund machen.

Die nächsten Tage, die sie durch Umbrien und Latium führten, Assisi aber nicht berührten, vergingen zügig und ohne Vorfälle. Denn auch wenn Giacomina Francescos Heimat in der Ferne am Abhang des Monte Subasio liegen sah, achtete sie nicht auf die Einsprüche der Brüder, die weil sie ihre heimatliche Gemeinschaft in greifbarer Nähe wussten, Francesco dorthin bringen wollten. Illuminato und Bartolomeo verabschiedeten sich jedoch hier vom Tross und wanderten gen Osten; ersterer froh, endlich die Heimat wiederzusehen, Bartolomeo mit einem zwiespältigen Gefühl, da er wusste, dass er, ohne Francesco mitzubringen, den fortschrittlichen

Mitbrüdern gegenüber wohl wieder in den Auseinandersetzungen unterlegen sein würde.

Doch Giacomina war sich sicher wie selten zuvor in ihrem Leben, dass es das Beste für Francesco war, in ihrem Haus von einem anerkannten Arzt versorgt zu werden – und Rom von hier aus in sechs Tagen erreichen zu wollen, war ein ehrgeiziges Ziel.

Es war daher auch schon spät, als sie nach den Strapazen in der Residenz auf dem Palatin ankamen. Die Hausherrin hatte durch Boten bereits alles auf ihre Ankunft hin vorbereitet: es gab ein rasches Abendessen und die Gästezimmer waren hergerichtet.

Nach einer wiederum kurzen, aber bequemeren Nacht war sie denn auch schon wieder früh auf den Beinen, um nach Pietro da Lucca Ausschau zu halten, jenem Arzt aus der bekannten Ärzteschule von Salerno, der schon einmal im Hause war, als vor etlichen Jahren bei Graziano Blutungen aufgetreten waren. Sein großes medizinisches Wissen und seine vornehme Art hatten Giacomina bereits damals überzeugt. Wer sonst sollte sich um ihren Freund kümmern? Es dauerte bis in den Nachmittag hinein, bis der Arzt ihre Schwelle betrat. Ungeduldig hatte die Hausherrin den ganzen Tag am Fenster gestanden, was der Kranke belustigt zur Kenntnis nahm.

„Kommt dein Arzt dadurch schneller, Bruder Jacopa, dass du ihm entgegensiehst?" Francesco sah deutlich erholter aus als am Vortag. Die Ruhe tat ihm gut. „Es geht mir schon viel besser. Du sorgst dich umsonst. Komm lieber her und erzähl von deinen letzten Monaten!" Giacomina konnte sich aber nicht von ihrem Aussichtsplatz trennen – und stürzte sofort los, als sie die hohe Gestalt des Langerwarteten erblickte.

Pietro enttäuschte sie nicht. Er hatte zwar erwartet, dass sie selbst oder eines der Kinder erkrankt waren, so dringend hatte der eifrige Daniele seine Bitte, schnell zu kommen, vorgebracht. Aber mit der gleichen Ruhe, Sorgsamkeit, aber auch Bestimmtheit behandelte er nun den in Lumpen gekleideten Francesco.

„Er leidet an einem Trachom, der ägyptischen Körnerkrankheit, Donna de Settesoli. Er muss sich schonen und ganz erholen, immer wieder Umschläge mit dieser Tinktur auf die Augen geben und viel trinken." Der Arzt kam nach der Behandlung aus dem Zimmer, schüttelte besorgt den Kopf und blickte Giacomina an. Diese starrt das kleine Fläschchen an, das er ihr überreicht. „Gebt ihm bitte sehr zuverlässig, was er braucht, denn es besteht die Gefahr, dass er …" „Erblindet?" Entsetzt ergänzt die junge Witwe den Satz, und der erfahrene Arzt nickt. „Ja, er leidet schon recht lang, glaube ich. Aber es ist noch nicht zu spät. Mit viel Ruhe und guter Pflege kann das Gift noch aus dem Körper kommen."

„Ich will alles tun, ich verspreche es!" Beinahe, ohne selbst vor Tränen etwas sehen zu können, nahm Giacomina die Instruktionen des Arztes entgegen und gab sie auch an Anna weiter.

Francesco selbst war mit seinen Augenbinden zwar hilflos, aber immer noch frohen Mutes. „Er will, dass du mich pflegst. Ein paar Tage werde ich schon bleiben müssen."

Giacomina lächelte und musste gleich widersprechen: „Ich denke eher, ein paar Wochen!" Sie merkte, dass er das schwer ertrug, und dachte an seine Worte über das Scheitern. „Lass dir Zeit, Francesco. Du kannst deine Brüder besser überzeugen, wenn du gesund bist."

Und wirklich dauerte es drei ganze Wochen, bis eine spürbare Besserung – eine Heilung wäre zu viel gesagt – eingetreten war, die es auch von ärztlicher Seite aus erlaubte, dass Francesco wieder planen konnte, nach Assisi aufzubrechen.

Es waren für Giacomina drei Wochen der täglichen Sorge, aber auch einer ungeahnten Erfüllung. Die Pflege des geliebten Freundes war ihr keine Last, und sowohl ihre Kinder als auch die ganze Dienerschaft unterstützte sie. Darüber hinaus genoss sie seine Gegenwart. Die täglichen Gespräche auch über die Erfahrungen beim Kreuzzug erlebte sie teilweise als Tröstende, teilweise als Mitleidende. Besonders leidenschaftlich wurden ihre Unterhaltungen, wenn es um das Thema ging, das ihn so bewegte: die Mitbrüder, die so große Vorbehalte gegen die Armut hatten, die Francesco als „seine große Liebe" bezeichnete. Er empfand die Einwände gegen die totale Armut als Verrat – und Giacomina, ausgerechnet die reiche, vornehme Frau, konnte seinen Schmerz darüber gut verstehen. Sie lebte in ihrem Haus und trotz ihrer Bediensteten umsorgt, aber selbst bedürfnislos. Streben nach Reichtum und Macht war ihr deshalb ebenso fremd wie ihrem Freund. Beide waren reich aufgewachsen, beiden bedeutete aber Geld und Besitz nichts mehr.

Wieder sprachen sie darüber, ob sich Giacomina nicht doch noch den armen Frauen um Chiara herum anschließen sollte. Ob das für die Zeit, wenn die Kinder alt genug sein würden und ohne sie auskämen, Gottes Wille für sie wäre?

Es war schon Herbst, die Ernte war eingefahren, als ein sichtlich gestärkter, wenn auch nicht vollständig geheilter
Francesco - erneut versorgt mit seinen geliebten Mandelplätzchen - gemeinsam mit Daniele und dem alten Beppo die
Stadt verlassen und endlich wieder in seine Heimat zurückkehren konnte.

Sein langer Aufenthalt hatte bei Giacomina Spuren hinterlassen. Sie hatte es sich angewöhnt, mit ihm zusammen früh
aufzustehen und das Morgengebet zu sprechen – eine so
wohltuende Gewohnheit, dass sie nun dabeiblieb, auch ohne
ihren Freund.

Immer noch war sie voller Sorge; schließlich war Francesco
nicht vollständig gesund, nur sein Augenlicht war wieder
hergestellt - so gut es eben ging. Und da hatte ihn niemand,
auch nicht der gestrenge Pietro da Lucca aufhalten können.
Der Eifer, sich auch notfalls gegen seine Mitbrüder in Assisi
für seine geliebte Armut einzusetzen, war zu stark.

In Rom hatte er mit Bischof Ugolin von Ostia auch deswegen
viele Gespräche geführt. Dieser, immerhin der Neffe von
Innozenz III., war ein Bewunderer von Francescos Lebensführung, gleichzeitig aber auch durch seinen Rang als Dekan
des Kardinalskollegiums ein einflussreicher Mann in der römischen Kurie.

Über ihn erhielt Giacomina in den nächsten Wochen zunächst etwas verwirrende, später aber immer klarere Informationen über die Rückkehr ihres Freundes nach Assisi. Bei
einem Abendessen anlässlich der stillen Tage um Allerheili-
gen, an denen Ugolin im Haus Settesoli zusammen mit der
ganzen Hausgemeinschaft eine Gedächtnismesse für Grazi-

ano gefeiert hatte, kam eine überraschende Wendung zur Sprache:

„Donna Jacopa, nach allem, was man hört, hat Francesco die Leitung der Minderbrüder abgegeben. Bruder Pietro Catanii hat sie übernommen – er hatte ihn ja zuvor schon vertreten, als er im Heiligen Land war."

„Warum? Ist er wieder krank? Was macht er nun?" Die Gastgeberin bestürmte den Kirchenfürsten lebhaft, der eine derartige Reaktion erwartet hatte und milde lächelte. Er fügte also begütigend hinzu: „Von einer Krankheit weiß ich nichts. Es geht aber wohl eher um die Auseinandersetzungen unter den Brüdern. Es setzen sich immer mehr diejenigen durch, die völlige Besitzlosigkeit für unsinnig halten. Das wird Francesco nicht mittragen wollen."

Giacomina nickte zustimmend. In diesem Zusammenhang hatte er schon während seiner Krankheit Andeutungen gemacht.

Ugolin fuhr fort: „Ich weiß auch, dass Papst Honorius mit seinen Beratern an einer festen Ordensregel arbeitet. Sie ist vielleicht auch nicht nach Francescos Geschmack, weil eine klare Struktur in den Ordens- und Klosterleitungen vorgesehen ist. Aber ...", er hatte das Stirnrunzeln der Hausherrin nicht übersehen, „Seine Heiligkeit hat mich als Kardinalprotektor und -korrektor des Ordens eingesetzt. Und ich werde mein Möglichstes tun, dass Francescos Ideal nicht verloren geht."

Ohne dass sie genau wusste, was diese Titel bedeuteten, hellten sich die Gesichtszüge der schönen Frau wieder auf. Dem Bischof vertraute sie – wie kaum einem anderen in der Kirche. Er hatte sich einst bei der Wahl um die Nachfolge von Kardinal Colonna als durchsetzungsstark erwiesen und die

Intriganten um Egidio dell´Armella nachhaltig geschwächt. Sie mussten sowohl einen weiteren Benediktiner als Nachfolger akzeptieren als auch sehen, dass auch später bei der Papstwahl, also der Nachfolge von Ugolins Onkel mit Honorius jemand an die Macht kam, dem Klüngelei und Postenschacher fremd waren. An beiden Entscheidungen war der allein von seiner Statur her schon beeindruckende Ugolin beteiligt gewesen – und dies war im Haus Settesoli sehr positiv vermerkt worden.

Der Kardinal, der das schweigende Kopfnicken seiner Gesprächspartnerin erfreut zur Kenntnis genommen hatte, fügte hinzu: „Was ich gehört habe, ist, dass Francesco nun auch selbst versucht, seine Gedanken zum Zusammenleben der Brüder in eine Regel zu fassen. Auch soll er – aber das finde ich sehr seltsam – an etwas arbeiten, was eine Regel für verheiratete Frauen und Männer sein soll."

Nun schüttelte der lebhafte Mann den Kopf. „Das gab es noch nie! Wie er wohl darauf gekommen ist? Eigentlich ist die Idee ja nicht schlecht. Wenn ich da an Personen wie euch denke, Donna Jacopa ..." Er schaute sie direkt an und entdeckte ein fast triumphierendes Lächeln auf den sonst so ruhigen Zügen der Adeligen. Beinahe unmerklich nickte sie erneut mit dem Kopf.

„Ja, das wäre in der Tat eine interessante Idee. Wisst ihr mehr darüber? Bitte teilt mir sofort mit, wenn es da etwas Neues gibt!" Begeisterung sprach aus ihren Zügen, aber Ugolin ahnte natürlich nicht, dass er der Inspiratorin selbst gegenübersaß.

„Selbstverständlich! Ihr könnt euch doch auch sonst nicht über mangelnde Nachrichten aus Assisi beklagen, oder?" Fröhlich schüttelte die edle Frau den Kopf.

Trotz der guten Informationspolitik des Bischofs dauerte es allerdings fast das gesamte nächste Jahr, bis sich weitere Mosaiksteinchen zu einem Bild zusammenfügten. Francesco hatte eine Regel geschrieben, und zwar für seine Minderbrüder in den Klostergemeinschaften, aber auch eine für Menschen in der Welt, eine Regel für den sogenannten Dritten Orden. In diesem sollten sich Laien zusammenfinden, die in ihrer eigenen Umgebung nach den Vorstellungen Francescos leben wollten. Das war beinahe eine unerhörte Neuigkeit!

Giacomina versuchte sofort, über den Bischof Kontakt zu Francesco aufzunehmen und ihm ausrichten zu lassen, wie wunderbar sie es fand, dass er an Menschen wie sie gedacht hatte. Noch bevor sie um die Einzelheiten der neuen Regel wusste, versuchte Giacomina sie zu befolgen: noch nie hatte sie Sinn für Prunk gezeigt, nun aber kleidete sie sich noch schlichter, behielt die Praxis des Morgengebetes bei und fügte andere Gebetszeiten in ihren Tagesablauf ein, wenn es ihre Tätigkeit erlaubte.

Und sie merkte, dass sich ihr Leben veränderte, dass sie noch gelassener und vielleicht auch herzlicher ihre Arbeit tun konnte, dass sie durch ihre natürlich-fröhliche Art noch mehr Zugang fand zu den Armen in Rom, selbst zu denen, die sich bisher von ihr nicht hatten helfen lassen wollen.

Die kleinen Veränderungen blieben auch ihren Kindern nicht verborgen, und während der fast zwölfjährige Giovanni, der mit seiner Reife und Geschicklichkeit seinen Lehrern viel Freude bereitete, bereits selbst mit Ideen und Plänen kam, was wo benötigt werden könnte, sah der kleine Giacomo die Ausflüge in die ärmeren Gegenden stets als spannendes Spiel, bei dem man Freude geben, aber auch haben konnte.

Nach und nach erreichten schriftliche Festlegungen zum neuen „Dritten Orden" Rom und damit auch Giacomina.

Durch „Vermeidung von leichtsinnigen Eiden, von Zänkerei, des Besuchs von Schauspielen und eines üppigen Lebens" sollten die Tertiaren und Tertiarinnen den Klosterleuten im Leben ähnlich werden, ohne ihre Welt zu verlassen. Sobald diese Regel bekannt wurde, erzählte Giacomina bei nächster Gelegenheit davon Maria – erntete damit aber nicht nur Zustimmung und Bewunderung: „Giacomina, was soll denn das? Deswegen machst du doch auch nichts anders als früher?"

Die Angesprochene blickte lächelnd von ihrem Webstuhl auf, an dem sie nun meist zu finden war, wenn sie zuhause weilte, drehte sich zu ihrer Freundin hinüber und erwiderte bestimmt: „Ach, Maria, da hast du schon Recht, aber ich fühle mich jetzt dadurch sicherer und kann das, was Francesco will, besser durchsetzen – auch gegen meine Trägheit, wenn sie mich mal überkommt."

Die Freundin verstand diese Argumente nicht. Sie hatte schon etliche spöttische Bemerkungen anderer Adeliger gehört und ergänzte, vielleicht ein wenig zu spitz: „Und du kannst vor allen anderen darstellen, dass du Francesco nachläufst. Das sagen zumindest viele unserer adligen Freundinnen."

Hier nun war Giacomina bestürzt: „Und du? Meinst du das auch?" Das Kopfschütteln der Freundin fiel nicht gerade überzeugend aus, so dass Giacomina noch einmal ansetzte: „Nachfolgen könnte man eher sagen, das ist sogar nicht ganz falsch. Ich finde gut und für mich passend, was er macht. Das war doch schon immer so; erinnerst du dich nicht? Wer hat mich denn auf die Armen von Assisi aufmerksam gemacht?"

Maria musste lächeln. Das hatte sie damals natürlich nicht geahnt. Wie lang das nun schon wieder her war – mehr als zehn Jahre!

„Ich hoffe nur, du wirst jetzt nicht so eine Betschwester und bleibst, wie du bist. Giovanni und Giacomo brauchen dich noch länger!" Und leise fügte sie hinzu: „Und ich will dich nicht als Freundin verlieren!"

Giacomina strahlte sie geradezu an: „Das wirst du nicht! Sicher! Ich verspreche es dir!" Wie um dies sichtbar zu bekräftigen, stand sie auf und umarmte die Ältere stürmisch, in deren dunkles Haar sich schon die eine oder andere graue Strähne mischte.

Froh erwiderte diese die Geste und seufzte nur: „Wenn es dir nur gut geht damit! Ich kann das Gerede kaum ertragen."

„Hör gar nicht hin, Maria! Mich interessiert das längst nicht mehr. Die anderen verstehen doch auch nicht, warum ich nicht längst wieder geheiratet habe und das alles hier allein mache. Aber sie müssen es ja auch nicht verstehen. Es ist nicht wichtig!" Die Augen Giacominas hatte ein leichter Schatten getrübt, bei ihren nächsten Worten hellten sie sich aber sofort wieder auf. „Hauptsache, du verstehst mich. Die Kinder tun es und machen sehr gern mit, meine Leute hier schätzen meine Arbeit – das sind die Dinge, auf die es mir ankommt!" Stolz richtete sie sich auf.

Maria lächelte sie an und nickte. Es war nicht nur Verständnis, das sie ihr damit zusicherte. Sie bewunderte das Selbstbewusstsein und die Tatkraft der jüngeren Freundin.

Giacomina schöpfte tatsächlich immer mehr Kraft aus ihrem religiösen Leben, und ihre Ausstrahlung beeindruckte ihre Hausgemeinschaft ebenso wie viele Freunde oder Kirchenmänner. Besonders letzteres war auch deshalb von Bedeutung, da es häufige Treffen mit Ugolin gab, der ihr in der schon mehr als vier Jahre dauernden Abwesenheit von Francesco geistigen Beistand gab, ihr Mut machte, wenn sie wieder einmal meinte, ihren eigenen Ansprüchen nicht genügen zu können – und der ihr auch immer wieder Informationen über den fernen Freund gab.

Sie erfuhr, dass Francesco an einer Regel gearbeitet hatte, die dann von den Brüdern und schließlich auch von Papst Honorius angenommen wurde. Der Priester Pietro, der die Ordensleitung übernommen hatte, war nur ein halbes Jahr danach gestorben, und ein Giacomina unbekannter Bruder, Elia di Cortona, war an seine Stelle getreten. Er schien ein sehr umtriebiger Mann zu sein, der dafür sorgte, dass der Orden sich weiter ausbreitete – auch schon über die Alpen –, aber Giacomina spürte, dass Francesco mit diesen scheinbar positiven Entwicklungen nicht glücklich sein konnte.

In solchen Momenten litt sie. Die äußerliche Ferne machte ihr nicht mehr so viel aus, und sie fühlte sich nicht allein gelassen, da sie um eine innere Nähe zwischen ihr und Francesco wusste. Es war aber ein anderes Gefühl als in der Zeit, als er am Kreuzzug teilnahm. Damals verspürte sie auch deswegen Angst, ihn nicht wieder zu sehen. Aber noch mehr litt sie darunter, dass ihr seine Absicht so unverständlich war und sie es nicht fertigbrachte, ihm durch Unterstützung nahe zu sein. Nun dagegen wusste sie, worum es ihm ging, nun teilte sie seine Anliegen – und darum fühlte sie sich weniger einsam.

Urplötzlich erfasste sie jedoch für einige Zeit eine unerklärliche Angst. Es waren die letzten schönen, warmen, aber nicht mehr heißen Sommertage, die Vorbereitungen für Inspektionsreisen zur Weinlese in der Toskana standen an, aber auf einmal war die sonst so unternehmungslustige und gut gelaunte Hausherrin wie ausgewechselt. Still und bang versuchte sie, in sich hineinzuhorchen und herauszufinden, was gerade geschah.

Am Fest der Kreuzerhöhung wurde diese Stimmung besonders schlimm, und nur im Gebet fand sie Ruhe. Tags darauf indes war alles wie zuvor, die beiden Kinder registrierten erleichtert, dass ihre Mutter wieder fröhlich war, und rüsteten sich für die Abreise.

Wie über eine unsichtbare Verbindung meinte Giacomina, manchmal fühlen zu können, wenn es Francesco schlecht ging, wenn er wieder einmal darunter litt, dass seine Vorstellungen von den Brüdern bestenfalls belächelt wurden – oder in diesem Fall, wie sie wesentlich später erfuhr, dass ihr Freund die Passion Christi leibhaft erfahren durfte, Giacomina meinte eher: musste. Es war der Tag seiner Stigmatisation gewesen, der ihr solche seelische Unruhe gebracht hatte. Beinahe körperlich hatte sie dieses besondere Ereignis gespürt – lange, bevor sie von Bischof Ugolin derartige Nachricht vernahm.

An einem ungewohnt kühlen Sommermorgen des Jahres 1225 saß sie wieder einmal mit einer unbestimmt schlimmen Ahnung in ihrer Hauskapelle, als Anna klopfte und ihr den Bischof als Gast meldete. Rasch sprach sie ihr Gebet zu Ende und wandte sich zur Tür, die bereits die imposante Gestalt Ugolins füllte. „Betet ruhig fertig, Donna Jacopa! Es ist gut, wenn ihr euer Herz beruhigt."

Dies bewirkte nun allerdings das Gegenteil – fast ungestüm erhob sich die Angesprochene: „Was ist? Habt ihr üble Nachrichten?"

„Ich fürchte schon. Leider! Ich habe Kunde vom päpstlichen Hof in Rieti, dass es Francesco sehr schlecht geht. Er muss sich einer Operation unterziehen." Der Bischof unterbrach sich selbst. „Oder besser: Ich fürchte, er hat es bereits hinter sich!"

„Was hat er hinter sich?" Die sonst so beherrschte Adelige fasste impulsiv den Bischof am Arm. „Ist er tot?"

Der erschrak nun seinerseits über die heftige Reaktion und legte sanft seine Hand auf ihre. „Nein, nein, so habe ich das nicht gemeint, doch ich glaube beinahe, dass er die Operation bereits hinter sich hat. Als ich gestern Kunde bekam, hieß es, dass er bald operiert wird." Noch einmal blickte er voller Ernst seine Gesprächspartnerin an und fügte leise hinzu: „Seine Sehkraft wurde immer schlechter!"

Giacomina sprach in einer Mischung aus Besorgnis und Arroganz beinahe panisch auf Ugolin ein: „Ich hoffe nur, er hat die besten Ärzte um sich! Warum wurde mir nicht vorher Bescheid gegeben? Pietro da Lucca hatte ihn damals erfolgreich behandelt. Warum habt Ihr ihn nicht hierherkommen lassen? Ich hätte ihn pflegen können." Sie hielt kurz inne: „Und jetzt liegt er irgendwo in Rieti?"

Der Bischof war ehrlich bestürzt. „Beruhigt euch doch bitte! Er ist nahe der Einsiedelei Fonte Colombo, wo er in den letzten Jahren öfter war, um seine Regel zu schreiben. Und er ist sicher in guten Händen! Seine Heiligkeit persönlich ..." Aufgeregt unterbrach ihn Giacomina: „Aber nicht in den besten! Warum lasst Ihr mich nicht helfen? Warum erfahre ich das so spät?"

Tränen standen in ihren Augen. Sie hatte seit drei Tagen gespürt, dass es ihm nicht gut ging, aber was hätte sie denn tun sollen? Innerlich verfluchte sie nun ihre Untätigkeit und schwor sich, nie wieder ein solches Gefühl zu ignorieren, sondern in Zukunft lieber einmal zu oft als einmal zu wenig zu handeln. Allerdings – wohin hätte sie reisen können? In Assisi, wo sie dann vermutlich hingefahren wäre, hätte sie ihn ohnehin nicht angetroffen. Es war zum Verzweifeln!

Mit hängenden Schultern stand sie – immer noch in der Kapelle – vor dem väterlichen Freund und Bischof. Dieser murmelte noch einmal „Bei Gott, beruhigt Euch bitte!" und zog sich nach einem kurzen Segen zurück.

Giacomina, deren Erstarrung langsam nachließ, wandte sich noch einmal in Richtung Altar und brachte nun ihren Kummer und ihre Empörung vor Gott. Laut weinend und ihr Gesicht in den Händen verborgen harrte sie noch eine Zeit lang in der Kapelle aus.

Dann fasste sie sich endlich, ihr praktischer Sinn gewann die Oberhand, und sie ließ Vorkehrungen treffen, nach Rieti aufzubrechen. Neben der Sorge um den geliebten Freund wuchs langsam die Freude auf das Wiedersehen mit ihm – aber ihr Herz klopfte auch deshalb so laut, weil sie nicht genau wusste, wie sie ihn vorfinden würde. Als gebrochenen und gescheiterten Mann? Ohne Lebensmut? Oder doch noch immer mit der Ausstrahlung und der Faszination, die sie so liebte?

Der Weg von Rom nach Rieti durch die Sabiner Berge war nicht allzu weit, und in zwei bis drei Tagesreisen würde man dort sein. Giacomina kannte ihn auch recht gut, da die Familie am nahen Lago di Piediluco Fischereirechte besaß. Sie war im vergangenen Jahr dort gewesen und hatte mit Freude vernommen, dass Francesco häufig in dieser Gegend war. Es wurde berichtet, dass er am letzten Weihnachtsfest die Geburt Jesu bildlich und daher für alle beeindruckend nachgespielt hatte – in der kleinen Einsiedelei Greccio hatte er einen Stall mit einer Krippe aufbauen lassen, und es gab einige, die bezeugten, dass das hölzerne Jesuskind, das er dort hineingelegt hatte, plötzlich ganz lebendig gewirkt habe.

Giacomina musste lächeln, da sie lebhaft daran erinnert wurde, wie Francesco während seiner langen Genesungszeit oft mit ihren Kindern Szenen aus den Evangelien nachgespielt hatte, was auf die Kleinen einen starken Eindruck gemacht und sie begeistert hatte. Da war so eine Inszenierung der Geburt Jesu passend - für ihren einfallsreichen Freund.

Der Dunst, der an allen Sommertagen über der Stadt lag, aufgewirbelt vom unendlichen Staub der Straßen und den Herdfeuern, wich einer zunehmend klaren Luft, und Giacomina sah dies als Spiegelbild ihres seelischen Zustandes. Auch in ihr selbst klärte es sich, weil sie es fertig gebracht hatte, in Rom alles stehen und liegen zu lassen, die Kinder, die über den spontanen Ausflug begeistert waren, einzupacken und in die alte Sabinerstadt Rieti zu ihrem kranken Freund zu eilen, ohne dass dieser nach ihr geschickt hatte. Sie gestand sich auf dieser Fahrt zum ersten Mal ein, dass sie zu dem Menschen unterwegs war, der ihr Innerstes so sehr berührt hatte wie kaum jemand zuvor - abgesehen von ihrer Familie natürlich -, dem sie sich nahe fühlte und der ihr Leben so entscheidend geprägt hatte wie sonst wohl niemand.

99

Die kleine Landstadt Rieti, die sie am übernächsten Tag nachmittags erreichten, bot einen lebhaften Anblick – viele Römer, unter ihnen auch der Papst, waren aus der Hitze der Stadt in die Berge gezogen, um ein paar Wochen des Sommers dort zu verbringen. Doch das Ziel der Reisegruppe von Settesoli war nicht einer der Paläste in Rieti. Sie musste auf die waldige Anhöhe hinauf, wo die kleine Einsiedelei Fonte Colombo stand. Erst vor dem Portal der kleinen Kirche war die Reise zu Ende.

Leichtfüßig sprang Giacomina aus dem Sattel und wandte sich zu dem einfachen Gebäude neben der Kirche. Bevor sie Einlass begehrte, wurde sie von einem alten Bekannten begrüßt: Bruder Illuminato war aufmerksam geworden und trat auf die hochgewachsene Frau zu.

„Donna Giacomina, Euch schickt der Himmel! Bruder Francesco leidet schrecklich. Wie wird er sich freuen, Euch zu sehen!" Er unterbrach sich selbst. „Naja, vielleicht eher, Euch zu hören und Euch bei sich zu wissen!"

Betroffen sah die Angesprochene ihn an. „Ist es so schlimm? Sieht er nun nichts mehr?" Tränen traten in ihre Augen.

„Er wurde gestern operiert, edle Frau! Aber fragt nicht, wie! Wäre doch Euer Arzt hier gewesen, von dem Francesco oft erzählt hat! Dieser hier war eher ein Metzger, muss ich sagen!" Angewidert schüttelte sich der immer noch jugendlich scheinende Bruder. „Wie hieß Euer Arzt noch gleich?"

„Pietro da Lucca", entgegnete Giacomina fast ausdruckslos. „Was wurde denn gemacht? Und wer hat …" Ihre Worte blieben ihr im Hals stecken, als sie nun sah, dass auch der treue Freund Francescos von Tränen überwältigt wurde und nur noch herausbrachte: „Kommt und seht selbst!"

Zu ihrer Überraschung ging es aber nicht in das einfache Gebäude hinein, sondern Illuminato schlug den Weg nach unten ein. „Er hat sich in seine Höhle zurückgezogen. Dort ist es dunkel und kühl. Bruder Leo ist die ganze Zeit bei ihm."

Giacomina nickte. Aus den Erzählungen von Bischof Ugolin wusste sie um die besondere Beziehung ihres Freundes zu dem jungen Bruder, der als einer der wenigen seine Ideale hochhielt und sich darum bemühte, sie auch den anderen Mitbrüdern wieder schmackhaft zu machen, wann immer es sinnvoll erschien.

Der schmale Weg endete unversehens vor einem Felsen, den ein Riss durchzog. „Hier?" Auf die ungläubige Frage der Adeligen nickte Bruder Illuminato nur mit dem Kopf. Ein Laut war dagegen aus dem Inneren des Felsens zu hören. Mit heiserer, aber unverwechselbarer Stimme erklang ein freudiges „Bruder Jacopa" – mehr als Ausruf denn als Frage. Allein an dem Wörtchen „Hier" hatte Francesco sie erkannt!

Mit einem „Ja, ich bin es!" raffte sie ihre Kleider zusammen und betrat das Dunkel der Felsenhöhle. Als sich ihre Augen an die neuen Lichtverhältnisse gewöhnt hatten, nahm sie zwei auf dem Boden sitzende Gestalten wahr, von denen eine ihr die Hand entgegenstreckte. Wortlos griff sie danach und wollte Francesco damit aufhelfen, aber letztlich gab sie seinem Druck nach und ließ sich neben ihm nieder.

„Wie geht es dir? Was haben sie mit dir gemacht? Kannst du mich sehen?" Ungeduldig bestürmte sie den Freund mit Fragen. Seine Antworten kamen langsam, aber klar und deutlich. „Ach, mach dir keine Sorgen meinetwegen. Bruder Feuer hat mein Augenlicht zwar für den Moment geblendet, aber der Arzt sagt, nach ein paar Tagen werde ich besser sehen können als zuvor. Ich sehe dich nur in Umrissen, Bruder Jacopa! Aber ich kann dich hören. Und ich kann sprechen. Was will ich mehr? Erzähl von dir, von den Kindern, vom Leben in Rom! Bist du nun auch für den Sommer hier in die Berge geflüchtet? Sogar der Papst ist hier!"

„Ich weiß! Ugolin erzählte davon – und auch davon, dass du hier bist und dass es dir nicht gut geht." Giacomina war einerseits positiv überrascht von der Lebhaftigkeit Francescos, mit der er sprach, von der geringen Bedeutung, die sein Gesundheitszustand offenbar für ihn hatte, war sie aber beunruhigt. Sie konnte es ihm nicht ersparen, sie musste fragen: „Warum bist du nicht nach Rom gekommen, als es dir wieder schlechter ging? Pietro da Lucca hätte dich wieder behandelt – und zwar ...", ihr inzwischen an die Dunkelheit gewöhnter Blick ging verzweifelt zu den Spuren der Brandwunden an seinen Schläfen, „besser als mit einer solch schrecklichen Operation! Ich hätte dich gern wieder gepflegt. Stattdessen ..." Nun hatten die Tränen die Oberhand gewonnen. „Weine nicht, Bruder!" Francesco versuchte sie zu trösten und berührte sanft ihren Arm. „Es könnte mir nicht besser gehen als hier. Ich habe alles, was ich brauche – und jetzt auch noch deine Gegenwart!" Er versuchte zu lächeln.

Stumm schüttelte sie den Kopf. Das ging ihr zu weit! Das, was er da sagte, konnte und wollte sie nicht verstehen! Sie ergriff seine Hand, die auf ihrem Arm lag und legte sie zurück auf seine angewinkelten Knie. Ihre Stimme klang beinahe hart, als sie sagte: „Dann ist ja alles gut so, wie es ist. Ich werde mir in Rieti ein Quartier suchen und gelegentlich heraufkommen, wenn du das wünschst." Ihre Verzweiflung und innere Qual, offensichtlich nicht gebraucht zu werden, waren unüberhörbar.

Da ergriff Bruder Leo, der alles schweigend verfolgt hatte, das Wort. „Was sein geistiges Leben angeht, verehrte Dame, braucht Bruder Francesco in der Tat nichts, was wir ihm geben könnten. Aber sonst! Ich würde mir auch wünschen, er könnte bessere Pflege, regelmäßiges Essen und medizinische Betreuung bekommen. Da gibt es bestimmt einiges, womit Ihr ihm Gutes tun könnt! Und ich bin sicher, dass Eure Anwesenheit ihm guttut. Er hat zuvor seit Monaten nicht so viel und so lebhaft gesprochen." Francesco hatte mehrfach unterbrechen wollen, ließ aber doch den Vertrauten ausreden. Giacomina betrachtete das runde, fast noch kindliche Gesicht des jungen Bruders dankbar.

Dennoch mochte sie nicht länger bleiben, verabschiedete sich kurz und rasch von beiden und trat wieder hinaus ins grelle Sonnenlicht. Vor ihr lag das wunderschöne Tal von Rieti im warmen abendlichen Sommerlicht, und wieder schossen ihr helle Tränen in die Augen. Sie beweinte den Freund, der all dies nicht sehen konnte – vielleicht nie mehr!

Ihr unterdrücktes, aber offenbar doch hörbares Seufzen war in die Höhle gedrungen, denn die sanfte Stimme Francescos erklang noch einmal aus ihr: „Weine doch bitte nicht mehr, Bruder Jacopa. Und glaub mir, dass es mir gut geht. All die Schönheit der Welt trage ich im Herzen – Bruder Sonne, Schwester Mond, Mutter Erde! Ich sehe sie, ich sehe alles – in mir!" Als hätte er ihre Gedanken erahnt! Natürlich konnte sie dieser Versuch nicht gänzlich trösten, und auch als wisse er dies, schob Francesco nach: „Ich sehe auch dich, Giacomina, ich sehe dich so oft vor meinem inneren Auge. Ich denke an dich, öfter als ich vielleicht sollte. Und da darf ich nicht froh sein, wenn ich doch alles habe – in mir?"

Nun begann die edle Frau langsam zu verstehen. Er lehnte sie und ihre Hilfe nicht ab. Er spürte sie auf einer anderen Ebene, in seinem Herzen. Mit einer Handbewegung wischte sie sich die Tränen aus dem Gesicht, drehte sich um und lief noch einmal in die Höhle hinein. Dort beugte sich zu Francesco hinunter und umarmte ihn: „Gott schütze dich! Und ich werde alles tun, was in meiner Macht steht, um dein Leben leichter und schöner zu machen. Das verspreche ich. Ich komme morgen wieder!"

Ihr Herz tanzte, als sie wieder nach oben lief. Schnell waren Anweisungen gegeben, eine Bleibe für sie zu suchen, damit sie in den nächsten Wochen das tun konnte, wonach sie sich in Liebe sehnte, Francesco zu umsorgen.

Höhle in Fontecolombo, in der Francesco sich aufhielt

Für die erste Nacht gab es keine andere Herberge für die gesamte Familie Settesoli mitsamt Personal als den Bischofspalast von Rieti – Ugolin hatte Giacomina wohlweislich einen Empfehlungsbrief mitgegeben. Am folgenden Tag fanden Sebastiano und der junge Stallknecht Felice nach ein paar Stunden eine leerstehende Villa Rustica, einen geräumigen Gutshof am Hang der Anhöhe, nahe der Taubenquelle, die dem Kloster seinen Namen gegeben hatte. Gemäß den Weisungen ihrer Herrin hatten die beiden treuen Diener schon in aller Frühe süßes Backwerk, das den Mustaccioli ähnelte, sowie nützliche Salben und Spezereien zum Kloster Fonte Colombo transportiert.

Schnell waren Erkundigungen eingeholt, wem die Villa gehörte, und da die Bewohner, eine Giacomina flüchtig bekannte römische Kaufmannsfamilie, in diesem Jahr wegen des Todes des Hausherren nicht in die Berge kommen würde, bot der geschäftstüchtige Verwalter das Gebäude den Suchenden als vorübergehende Unterkunft an. Es war ein nicht allzu großes, aber günstig gelegenes Anwesen, und vor allem gar nicht weit von Fonte Colombo entfernt. Giacomina konnte auf ihrem Pferd schnell dort oben sein.

Neben ihren täglichen Krankenbesuchen und der wachsenden Zufriedenheit darüber, dass es Francesco ganz offensichtlich besser ging, genoss sie die Tage in der angenehmen Kühle der Berge zusammen mit ihren beiden unternehmungslustigen Söhnen sehr. Es war ein richtiges Geschenk, einmal ohne die Belastungen des Alltags mit ihnen zusammen zu sein, zu reiten und ihnen auf ganz unbeschwerte Weise am Beispiel der Fischerhütten am Lago di Piediluco zu zeigen, wie man verantwortungsvoll mit seinen Besitztümern und deren Verwaltern umging. Schließlich waren beide, besonders aber Giovanni, langsam alt genug, um sie in näherer Zukunft diesbezüglich zu entlasten.

Die Söhne kamen gern mit, wenn ihre Mutter hinauf zum Kloster ritt. Francesco war ihnen vertraut, und beide Kinder schätzten ihn, da er sie immer ernst genommen hatte. Und ihn munterte der Besuch der beiden stets so auf, dass Giacomina einmal scherzhaft meinte: „Wenn du auch immer so glücklich wärest, wenn du mich siehst!"

Dass sie tatsächlich mit Recht schon wieder von „Sehen" sprechen konnte, war ein kleines Wunder. Francescos Augen tränten zwar noch stark, aber die Sehkraft nahm tatsächlich zu. Konnte er anfangs nur Hell und Dunkel voneinander unterscheiden, so zeichneten sich mehr und mehr die Konturen ab, und auch Farben wurden für ihn wieder sichtbar.

Voller Freude über diese kaum erhoffte Entwicklung ritt Giacomina eines Tages in Begleitung eines Herrn aufs Kloster zu. Dieser – dunkel, aber nicht unbedingt vornehm gekleidet – stellte sich den Brüdern und Francesco, der seit ein paar Tagen wieder im Kloster statt in der Höhle lebte, kurz als Massimo Buono vor, zog sich aber sofort diskret in einen hinteren Winkel des Refektoriums zurück. Dieser Raum, der eigentlich zum Essen diente, war zum Besucherraum geworden. Hier konnte Francesco seine Freunde treffen, ohne dass diese die Klausur verletzten.

„Massimo ist Maler", erklärte Giacomina den verwunderten Brüdern, die das Gebaren des Mannes nicht recht deuten konnten, der alle möglichen Gegenstände und eine größere Tafel vor sich ausbreitete. „Wir sollten ihn nicht weiter beachten, wünscht er sich. Er möchte Francesco beobachten und von ihm ein Porträt gestalten."

Unwillig runzelte Francesco bei diesen Worten die Stirn. „Warum das denn? Wozu soll das dienen? Das ist vollkommen unsinnig – und unnötig. Ist das dein Einfall, Bruder Jacopa?" Das klang nicht gerade erfreut, doch Giacomina widerstand dem gequälten Blick des Freundes und nickte nur. Sie suchte nach Worten, um ihm zu erklären, dass es sie gedrängt hatte, ein möglichst lebensnahes Bild von ihm machen zu lassen – für sie selbst, aber auch, um allen später zeigen zu können, wie er war, wie er aussah, wie er litt, und, ja, was er für sie bedeutete. Sie hatte sich umgehört, und dieser Künstler war ihr empfohlen worden. Er war dafür bekannt, naturgetreu zu malen.

Da sie aber nicht wusste, wie sie das erklären sollte, nickte sie ein weiteres Mal still und lächelte Francesco nur verlegen an. Und als hätte er die Erklärung in ihren Augen gelesen, lächelte er plötzlich zurück, beinahe zärtlich.

Giacomina, die sich schon auf eine Auseinandersetzung gefasst gemacht hatte, konnte es kaum glauben, dass er ihr so, wortlos, aber deutlich das Einverständnis gegeben hatte für dieses Vorhaben. Zunächst hatte sie es selbst für eine verrückte Idee gehalten, dann aber war sie ihr in den letzten Tagen so wichtig geworden, dass sie bereit war, dafür zu kämpfen. „Danke", flüsterte sie in seine Richtung und übersah dabei absichtlich die ungläubigen bis kritischen Blicke der Mitbrüder, die ihren Augen nicht trauten.

Einen ganzen Tag und auch noch am nächsten Besuchstag wich Massimo nicht von Francescos Seite, und Giacomina, die meist dabeisaß, wurde Zeugin, wie auf dieser Tafel ein gebeugter Mann in schäbigem Gewand entstand, der sichtlich litt und der sich die Augen mit einem hellen Tuch abwischte – eine Bewegung, die durchaus typisch für Francesco geworden war. Die tiefen dunklen Augenhöhlen traf der Maler ebenso realistisch wie die Wunden an Händen und Füßen, die Stigmata, deren Bluten Giacomina jedes Mal selbst körperlich zu spüren meinte.

Es war so greifbar, dieses Leiden, zu dem Francesco stets nur lächelnd meinte: „Bruder Jacopa, warum sollte ich jammern? Jesus hat für uns viel mehr erdulden müssen; wenn ich da ein klein wenig mitleiden darf, kann mir das doch nichts ausmachen." Die Freundin war zwar der Überzeugung, dass er schon mit seiner Krankheit genug litt, aber der Verweis auf das Leiden Jesu fiel bei ihr dann doch immer auf fruchtbaren Boden. Die Kreuzeswunden so leibhaftig zu sehen, das beeinflusste ihr Empfinden der Passion Christi stark.

Das fertige Bild blieb noch eine kurze Zeit in Fonte Colombo. Als jedoch Giacomina bei einer ihrer Ausflüge an die Stätte gekommen war, wo Francesco ein paar Jahre zuvor den Heiligen Abend verbracht hatte, wurde sie dort sehr herzlich von einer ganzen Schar Männer und Frauen des Dritten Ordens empfangen.

Wie froh war sie, als sie sah, dass sich inzwischen Menschen in Gruppen zusammengeschlossen hatten, die nach der neuen Regel von Francesco lebten wie sie – und ihr wurde versichert, dass es auf dem Land etliche davon gab! In Rom war sie allein damit geblieben, die Regel des Dritten Ordens wollte keine und keiner ihrer Bekannten auf sich nehmen, obwohl sie sich nach einer Gemeinschaft sehnte. Doch abgesehen von wenigen bewundernden, meist aber eher verwunderten Reaktionen hatte sie mit ihrer Werbung keinen Erfolg gehabt.

Sie berichtete Francesco ganz begeistert von dem Zusammentreffen und bat: „Die Bewohner von Greccio haben solche Sehnsucht nach dir. Sie hören seit Wochen, dass du in der Gegend bist, und als du noch im Priesterhaus von S. Fabiano gewohnt hast, haben dich einige besucht. Aber da sie von der schweren Operation hörten, wagen sie es nicht, hierher zu kommen, sondern warten nun darauf, dass du sie nach deiner Genesung besuchst. Ich habe ihnen aber gesagt, dass es für dich besser ist, dich momentan keinen zusätzlichen Strapazen auszusetzen. Doch das Bild würde ich sehr gern dieser besonderen Gemeinschaft der dir wohlgesonnenen Menschen schenken."

Francesco war gerührt; auch er hatte bei seinem letzten Besuch erfahren, dass sich eine große Schar dem Dritten Orden angeschlossen hatte – und er fand Giacominas Idee wunderbar. So wurde das Bild sorgsam verpackt, und Giacomina ließ es sich nicht nehmen, es persönlich in das kleine Bergdorf zu begleiten.

Die Bewohner waren überwältigt, es flossen Tränen, und wieder lobten alle, die ihn jüngst gesehen hatten, die Lebensnähe des Porträts – und in allen regte sich eine bange Vorahnung, dass sie nun zwar das Gemälde hatten, ihren geistlichen Vater leibhaft aber wohl nicht mehr zu sehen bekommen würden. Um keine Missgunst unter den Dorfbewohnern aufkommen zu lassen, wurde es im kleinen Kloster der Minderbrüder aufgehängt.

An diesem Abend kehrte Giacomina sehr betrübt nach Rieti zurück, da auch ihr bewusst geworden war, wie kostbar nun jeder Moment war, den sie mit ihrem Freund verbringen konnte. In der Nähe des Domes wurde der Wagen angehalten – Bruder Leo hatte sie erwartet.

„Bruder Jacopa, wir werden morgen nach Assisi zurückkehren. Es geht Francesco schon viel besser! Er verbringt heute die Nacht hier in der Via Rufo im Haus von Domherrn Tebaldo Saraceni. Morgen früh reisen wir weiter!"

Der Herrin schossen die Tränen in die Augen: „Bitte, Bruder Leo, kann ich ihn noch sehen? Ich muss mich doch verabschieden." Aufschluchzend barg sie ihr Gesicht in den Händen. Obwohl es auch jetzt am Abend noch angenehm warm war, fror sie plötzlich. Wie eine eisige Hand griff die Angst an ihr Herz und machte es schwer. Das durfte jetzt nicht das Ende sein, noch nicht! Nur kurz überließ sie sich der Verzweiflung, dann gewann wieder ihr praktischer Sinn die Oberhand.

„Ich möchte morgen noch mit ihm zusammen beten, dass eure Reise glücklich und heil überstanden wird. Ihr feiert doch bestimmt die Heilige Messe, oder?" Leo nickte; er musste schmunzeln. Diese Frau war schon eine Besonderheit!

Es wurde vereinbart, dass um 7 Uhr in der Seitenkapelle des Domes der Gottesdienst stattfinden und die seitliche Pforte für sie geöffnet bleiben würde.

Kaum was dies besprochen, trieb Giacomina die Diener an, schnell in die Villa zu fahren – sie musste ja noch backen und dann auch ein wenig schlafen nach diesem anstrengenden Tag.

Die trüben Gedanken waren wie weggeblasen, und es war wie immer, als sie des Nachts die geliebten Mandelplätzchen für den Freund zubereitete: eine eigenartige Mischung aus Trauer über den bevorstehenden Abschied und Freude über die gemeinsam verbrachten Stunden und Zuversicht auf ein Wiedersehen. Danach fiel sie in einen tiefen, aber kurzen Schlaf, bis die aufgehende Sonne sie weckte.

Beide Söhne begleiteten sie zur Messe in den Dom, und so war es eine gar nicht so kleine Gemeinschaft, die dort miteinander betete und den Segen für die Reise der Teilnehmer erflehte. Ja, auch für die Heimreise Giacominas, deren Vorbereitung sie noch am Vorabend den Bediensteten aufgetragen hatte. Ohne Francesco hatte Rieti keine Bedeutung mehr für sie.

Nach dem Gottesdienst und vor dem Dom ergriff Francesco strahlend ihre beiden Hände. „Ich bin so glücklich heute, Bruder Jacopa. Die ganze Nacht über hörte ich die schönste Musik. Das sagt mir, dass es gut ist, jetzt heimzukehren." Die Angesprochene erschrak zunächst – sollte es schon die himmlische Musik der Engel gewesen sein, die er da gehört hatte?

Doch als hätte Francesco ihre Gedanken erraten, fügte er hinzu: „Daheim in Assisi werden wir uns das nächste Mal treffen." „Ja, gern!" Giacomina freute sich über die ungewohnte Vereinbarung, wollte aber doch wissen: „Und wann?" Er lächelte so zauberhaft wie schon lange nicht mehr: „Ich werde nach dir schicken. Vielleicht weißt du auch selber, wann du kommen musst. Dann zögere nicht, Bruder Jacopa, und komm!"

Diese Sätze brannten sich in ihr Herz. Sie hatten darüber gesprochen, dass sie oft spürte, was mit ihm gerade geschah. Er glaubte ihr also und vertraute darauf. Sie wiederum traute seinen Worten – sie würden sich wiedersehen!

Botschaft des Herzens

Die Heimreise hatte Giacomina zugleich genutzt, um einige Landgüter nördlich von Rom zu besuchen, und so kehrte sie erst, als die Tage schon merklich kürzer wurden, wieder in ihr Haus auf dem Palatin zurück. Der Winter und das zeitige Frühjahr vergingen ohne große Besonderheiten. Doch als es wieder die ersten richtig warmen Tage in Rom gab, bemerkte Giacomina in sich eine gewisse Unruhe und vertraute sich Bischof Ugolin an.

Dieser staunte nicht schlecht, als die Adelige vor ihm stand und ihm das sagte, was er ihr gerade als Botschaft schicken wollte: „Francesco geht es wieder schlechter!" „Woher wisst Ihr das, Donna Jacopa? Ich wollte es Euch gerade mitteilen. Der Bischof von Siena hat ihn bei sich aufgenommen, da dort gerade die besten Ärzte zu einem Symposium weilen! Sogar Heilkundige aus Spanien sollen dabei sein!" Der Kardinal schien begeistert und strahlte überzeugend Zuversicht aus.

Und richtig, auch Pietro da Lucca hatte von einer solchen Zusammenkunft erzählt, als er im Winter einmal wegen einer schlimmen Erkältung von Giovanni bei ihr war.

Immerhin, da drohten sich nun wenigstens kein solcher Scharlatan an Francesco zu vergreifen wie letztes Jahr in Rieti! Giacomina war getröstet – nicht nur, weil Ugolin ihr glaubhaft versicherte, dass es dem Kranken den Umständen entsprechend recht gut ging, sondern auch weil ihr Inneres ihr so zuverlässig gemeldet hatte, dass etwas nicht in Ordnung war.

Einige Wochen später, als ihr Arzt wegen einer Verletzung, die sich Giacomo am Fuß zugezogen hatte, ins Haus gekommen war, musste sie ihn gegen Ende der Behandlung auf Francesco ansprechen. Natürlich hatte Pietro damit gerechnet und war vorbereitet. Sanft legte er ihr seine Hand auf den Arm und sah sie mitleidig an: „Es geht ihm tatsächlich gar nicht gut, Donna Jacopa! Im Grunde sieht er aufgrund seines Trachoms nichts mehr, und sein Körper ist ziemlich mitgenommen. Wir, meine Kollegen und ich, haben viel, nein, alles versucht, um sein Augenlicht zu erhalten, aber es dürfte vergeblich gewesen sein. Leider sind beide Augen gleichermaßen betroffen."

Die stolze Hausherrin biss sich auf die Lippen, um ihren Gefühlen nicht sofort vor dem Arzt Ausdruck verleihen zu müssen. Ihr war zum Heulen zumute. Er war so hoffnungsvoll gewesen beim Abschied! Und so fragte sie mit gepresster Stimme: „Leidet er sehr? Hat er Schmerzen? Und wie trägt er den Verlust des Augenlichtes?"

Pietro wiegte den Kopf. „Nein, über Schmerzen hat er nicht geklagt, obwohl er schon welche haben müsste. Aber wir alle stellten erstaunt fest, dass er trotz seiner körperlichen Verfassung heiter und gelöst wirkte." Er schüttelte im Gedanken daran den Kopf und fügte hinzu: „Das erlebt man sonst nie!"

Giacomina, die diese Worte geradezu in sich aufsaugte, ergriff seinen Arm und sagte mit wieder erstarkter Stimme: „Ihr habt ihm und jetzt mir sehr viel Gutes getan. Ich danke euch – auch für eure Ehrlichkeit. Nun bin ich ganz ruhig und warte auf Nachricht." - „Ach ja, ich habe noch eine Botschaft auszurichten. Verzeiht mir bitte, dass ich erst jetzt daran denke. Er sagte, er würde in Assisi auf Euch warten, wenn seine Stunde gekommen ist. Und dass ihr es rechtzeitig erfahren würdet."

„Seine Stunde? Meint er seine Todesstunde?" Giacomina war wieder blass geworden und sah Pietro hilfesuchend an.

„Kann sein. Ich weiß es aber nicht. Mehr sollte ich nicht ausrichten. Es klang so bestimmt, als hättet Ihr schon etwas vereinbart." Der große Mann schien ratlos und zuckte mit den Schultern.

In das Schweigen hinein ertönte das Klopfen von Anna, die ihre Herrin und den Gast zu Tisch rief. Daher konnte Giacomina nur noch ein „Ich danke Euch trotzdem, Pietro!" loswerden, bevor wieder die Fröhlichkeit der Kinder die Räume füllte.

Sie war sich sicher, dass er die Stunde seines Todes gemeint hatte, und daher war sie den ganzen Sommer über in einer eigenartigen Stimmung. Alle Tätigkeiten nahm sie spontan wahr, sie plante nichts, Besuche auf den Gütern wurden sehr kurzfristig angekündigt, und eine gewisse Vorläufigkeit war in allen Bereichen spürbar, als würde sie jederzeit weggerufen werden können. Ihr Reisegepäck stand gerichtet, die Zutaten für die Mustaccioli waren immer im Haus. Aber sogar diese für alle greifbare äußere Unruhe stand in keinem Verhältnis zu ihrer inneren. Das Warten war für die sonst so zupackende Frau eine harte Prüfung. Geduld gehörte nicht unbedingt zu ihren Stärken.

Nebenbei plagte sie selbstverständlich das Thema des bevorstehenden Abschiedes für immer. Würde sie stark genug dafür sein? Sie, die schon an jeder Abreise Francescos zu zerbrechen drohte, die als schlimmste Zeit in ihrem Leben die Monate betrachtete, in denen sie um ihn fürchtete, als er im Heiligen Land war. Wenn sie an diese angstvollen Tage dachte, wurde ihr schwer ums Herz. Und in ihnen war immerhin noch Hoffnung auf ein Wiedersehen gewesen!

Um ihre Ungeduld zu bekämpfen, begann sie wieder zu weben. Nicht wie früher aus der strahlend weißen Wolle Lanas, die inzwischen auch nicht mehr so weiß war – nein, ein in Grau gefärbtes Gewand entstand unter ihren Händen.

Als es Ende der vorletzten Septemberwoche fertig war, kam es sofort zu ihrem Gepäck. Und in der Nacht darauf erwachte sie plötzlich, stieg, wie von fremder Hand geleitet - wie vor langer Zeit schon einmal - hinunter in die Küche, nahm die gehüteten Zutaten von ihren Plätzen und begann zu backen. Sie war ruhig dabei, keine Tränen gelangten in die feine Masse, deren Duft am nächsten Morgen das Haus durchzog und allen Eingeweihten schon ankündigte, was Giacomina dann aussprach, als alle versammelt waren: „Wir brechen heute noch nach Assisi auf. Francesco braucht mich."

Die römische Via Jacoba de Settesoli führt heute zur Piazza S. Francesco

Die Abreise ging schnell, denn auch Giacomo und Giovanni hatten bereits den Sommer über ihre Siebensachen bereitgestellt und waren sofort fertig zum Aufbruch. Ihre Mutter verstaute noch das Gebäck und spontan sechs ihrer wertvollen Kerzen, und schon ging es nach Norden.

Giacomina war vollkommen ruhig, während Giacomo und Giovanni eher beklommen diesen ersten Tag der Reise verbrachten. Es ging den Weg tiberaufwärts, und beim Castellum Britti, wo sie im Vorjahr auf der Via Salaria nach Rieti weitergezogen waren, fanden sie wie damals Unterkunft bei angenehmen Bauersleuten. Diesmal ging es aber tags darauf weiter das Tibertal entlang, das sie erst bei Orte verließen und nun die Nera entlang in das Bergland der Abruzzen kamen. Nach weiteren Übernachtungen bei Narni, auf ihrem Landgut in den Bergen von Spoleto und schließlich noch vor Bevagna, in denen sie alle gut schliefen und die Anspannung langsam von den Söhnen wich, näherten sie sich am ersten Oktobertag vormittags langsam Assisi, auf halber Höhe des Monte Subasio.

Nie zuvor war Giacomina aufgefallen, wie harmonisch sich die Häuser an den Hang schmiegten, wie hell der Himmel hier war, wie duftend die Wälder, wie wohlklingend der Gesang der Vögel, wie lieblich der kleine Fluss Topino, an dem sie nun das letzte Stück entlangritten. Dankbar empfand Sie die Schönheit der Natur. Statt der befürchteten Angst gewann immer mehr die Freude über das bevorstehende Wiedersehen an Raum, je näher sie der Stadt kamen.

Giacomina vermutete ihren Freund in der Ebene, dort, wo sie sich schon einmal getroffen hatten – bei der Portiuncula-Kapelle und ihren benachbarten Hütten, die allerdings inzwischen schon eine recht stattliche Wohnstatt ergaben, wie sie sofort feststellte. Ob das in seinem Sinne war? Oder begegnete ihr hier gleich der Stein gewordene Beweis derer, die das Prinzip der Armut aufweichen wollten?

Neben der Kapelle stand eine niedrige Hütte, zu der es sie sofort und unvermittelt hinzog. Ein Klopfen, und sie sah in absolut verblüffte Gesichter. Mit weit aufgerissenen Augen blickten die Brüder sie an - als stünde ein Geist vor ihnen. Als einen der wenigen erkannte sie Sebaldo, der aber genauso fassungslos wirkte wie die anderen ihr Unbekannten.

„Was ist mit euch? Wo ist Francesco?" Giacomina hatte sich den Empfang anders vorgestellt. Die Brüder deuteten stumm auf eine Ecke in der Hütte, und einer fand die Sprache wieder: „Was tut ihr denn schon hier, edle Frau? Gerade erst haben wir den Boten zu euch losgeschickt, der euch sagen sollte, was Francesco von euch erbittet: ein graues Gewand und Kerzen für sein Begräbnis – und auch – na ja, Mandelplätzchen!" Das klang beinahe verlegen und die Brüder staunten nicht schlecht, als die adelige Frau nach wenigen Griffen in ihr Gepäck genau diese hervorholte.

„Wie ist das möglich?" stammelte einer etwas hilflos, fasste sich aber schnell und wollte ihr die Sachen aus der Hand nehmen. „Habt Dank, ich werde sie ihm bringen." Giacomina war nun damit überhaupt nicht einverstanden und umklammerte die Gegenstände.

Doch der ihr unbekannte Bruder blieb abweisend und redete sie barsch an: „Tut mir leid, aber als Frau dürft ihr hier nicht hinein!"

Wie bei der ersten Begegnung mit Francesco und der Auseinandersetzung mit dem arroganten Domherrn Egidio nahm Giacomina ihre stolzeste Haltung ein und versetzte in lautem und bestimmtem Ton: „Ich werde ihm die Dinge, die ich bringen soll, selbst geben!" Bevor sie sich weiter verteidigen musste, erklang aus dem Hintergrund des Raumes Francescos Stimme: „Bruder Elia, für Bruder Jacopa gilt doch nicht die strenge Vorschrift der Klausur. Lasst meinen Bruder bitte zu mir!"

Der Angesprochene blickte drein, als wäre Francesco nicht mehr ganz richtig im Kopf und musterte sein eindeutig weibliches Gegenüber von oben bis unten. Schließlich gab er kopfschüttelnd seinen Widerstand auf, zog seine Hände von den Gaben zurück und machte Platz.

Mit den beiden Söhnen, die Kerzen und Gewand in den Händen hatten, trat Giacomina zum Lager des Freundes. Dieser lächelte ihnen entgegen. Der Duft der Mustaccioli verströmte sich von ihren Händen in die ganze ärmliche Hütte.

Voller Freude begrüßte Francesco die drei: „Ich wusste, dass ihr kommen würdet." Stolz verkündete Giovanni: „Wir haben auch gleich alles mitgebracht, was du haben wolltest!"

„Verzeih mir, Bruder Jacopa, aber ich war nicht sicher, ob du wissen würdest, was ich hier noch nötig habe. Daher habe ich heute noch einen Boten zu dir geschickt. Hätte ich es nicht wissen müssen, dass du …?" Die Freundin kniete neben ihm auf dem Boden und strich ihm zärtlich über den Kopf. „Sei ganz ruhig, Francesco. Wichtig ist, dass wir jetzt da sind und auch all das, was Du Dir gewünscht hast."

„Glaub mir, das ist so. Doch nun gib mir bitte von den köstlichen Mustaccioli!" Der Todkranke war fast ungeduldig. Giacomina schob ihm sanft eines der Plätzchen in den Mund, und Francesco genoss es sichtlich. Es blieb nicht bei einem, und Giacomina wich nicht von seiner Seite, auch wenn sie spürte, dass unter den Brüdern einige waren, die es nicht gern sahen, dass sie als Frau nun hier schon längere Zeit mitten in der klösterlichen Klausur weilte. Ihr war der Wunsch des Freundes Gesetz, und es hätte wohl einiges an Gewalt gebraucht, sie von seinem Krankenlager weg zu bewegen. Allmählich wurden die kritischen Stimmen weniger, da alle sahen, wie gut ihm die Nähe und Aufmerksamkeit der Edelfrau tat.

Deren Ankunft war auch sonst nicht unbemerkt geblieben, da sich die Bewohner von Assisi bereits auf das Sterben Francescos eingestellt hatten und immer in regem Kontakt zu den Minderbrüdern standen. Viele von ihnen waren Zeugen, wie der Kranke aus dem bischöflichen Palast, wo er eine Zeitlang versorgt und ins Tal zur Portiuncula getragen worden war. Auf halbem Wege hatte er seine Begleiter gebeten anzuhalten, hatte sich aufgerichtet und seine Heimatstadt noch einmal gesegnet. Darin sahen manche ein Zeichen, dass es bald zu Ende gehen würde.

Tatsächlich aber sah es nach den wenigen Stunden, in denen Giacomina bei ihm war, so aus, als würde der Leidende sich doch wieder erholen – und das machte wie ein Lauffeuer die Runde. Auch sie selbst war positiv überrascht und sehr berührt von der erfreulichen Wirkung ihres Kommens auf den Gesundheitszustand des Freundes und gab erste Anweisungen, dass die Dienerschaft für sie, die Kinder und die engsten Diener länger Quartier in der Umgebung suchen sollten, selbst aber wieder nach Rom zurückkreisen könnten.

Als Francesco das mitbekam, ergriff er fest ihren Arm. „Bleib du mit den Kindern hier bei mir, und auch die anderen sollen nicht abreisen! Denn es ist bestimmt, dass ich euch morgen verlasse. Du kannst also getrost am Sonntag mit allen wieder zurück nach Rom."

Wie eine eiskalte Hand ergriff nun doch Trauer ihr Herz. Morgen! Sie schaffte es noch, den Befehl an die Diener zurück-

119

zunehmen, dann brach sie in hemmungsloses Weinen aus. All der Schmerz und Kummer des gesamten Jahres, all die zurückgehaltenen Seufzer und all ihre Verzweiflung überwältigten sie. Neben seinem Lager in sich zusammengesunken verbrachte sie die nächsten Minuten oder Stunden – wie lange es dauerte, wusste sie später nicht mehr zu sagen. Sie hörte nicht mehr das gleichmäßige rhythmische Beten und Singen der Brüder, sie sah nicht mehr das friedliche Gesicht Francescos, sie fühlte nicht, dass die Kühle des herbstlichen Abends vom Erdboden in ihre Gewänder hinaufkroch - sie war nur gefangen in ihrer Qual, in der alles erschütternden Gewissheit, ihn zu verlieren.

Instinktiv hatten ihre beiden Söhne sich an sie gedrückt, versuchten, sie zu trösten und gleichzeitig selbst Trost zu finden, aber Giacomina bekam sogar dies kaum mit. Auch davon, dass der gerade dreizehnjährige Giacomo nach ein paar Stunden so unruhig wurde und fror, dass Anna ihn mit sich zu den Quartieren der Dienerschaft nahm, nahm sie kaum Notiz.

Irgendwann spürte sie allerdings die Hand ihres Freundes, die in ihrer lag und sie sanft drückte. Als sie sich ihm zuwandte und ihr Ohr zu seinen Lippen neigte, sprach er wie immer gleich ihre größte Sorge an. Langsam und leicht stockend, aber mit deutlicher Stimme, die ihren melodischen Zauber noch nicht verloren hatte, flüsterte er:

„Jacopa, wir werden uns wiedersehen. Hab' keine Angst. Bitte verzeih, dass ich mich vorher falsch ausdrückte. Ich werde dich nicht verlassen. Nur diesen Bruder Leib werde ich in der Welt zurücklassen. Ich werde immer bei dir sein, in deinen Gedanken, und, wie ich hoffe, in deinen Gebeten für mich! Bitte sei nicht traurig! Empfange wie ich Schwester *morte*, Bruder Tod, wie einen Freund, der mir Gutes tut und mich von allem Übel befreit! Bitte!" Fest drückte er bei diesen

Bitten ihre Hand, als würde seine Kraft, seine Glaubenskraft damit auf sie übertragen.

Erst viele Atemzüge später konnte Giacomina antworten. Mit jedem nahm sie ein wenig mehr von seiner Gewissheit in sich auf und füllte ihr Herz damit, einer Geborgenheit, die ihr in den folgenden Jahren half, weiterzuleben und weiter zu lieben.

„Ich will es versuchen, Francesco. Aber ich bin nicht so stark wie du glaubst. Ich weiß nicht, ob ich das schaffe. Ich weiß es nicht. Bitte gib du mir Kraft!"

Das war eine etwas seltsame Bitte an den Sterbenden, aber Francescos Hand in ihrer ließ sie ruhig werden. Die ganze Nacht über verbrachten sie so, gefangen in ihren Gedanken, eingehüllt von den Stimmen der Brüder und geborgen in der gegenseitigen Liebe, die nichts, auch nicht der Tod, würde trennen können.

Der nächste Tag, der Samstag, verging ähnlich, bis Francesco am Nachmittag unruhiger wurde und Bruder Leo zu sich rief. Dieser sträubte sich zwar erst, dann aber tat er, was Francesco wollte: Er entkleidete ihn und legte ihn nackt auf den Erdboden.

Giacomina war wie die anderen schockiert, reflexartig bedeckte sie seinen Körper mit dem grauen Habit, den sie gebracht hatte. Dies ließ er zu und flüsterte: „Ich will nur nichts mehr besitzen. Auch keine Kleidung. Aber dein Gewand soll für mein Begräbnis sein."

Bruder Elia ergriff mit klarem und bestimmtem Ton das Wort: „Francesco, ich als dein Ordensoberer befehle dir im Gehorsam, dass du diese Leihgabe annimmst, und ich verbiete dir streng, sie jemand anderem zu schenken!"

121

Trotz der angespannten Situation musste Giacomina lächeln. Wie oft hatten sie über die Armut, der er sich so verbunden fühlte und die er von seinen Nachfolgern so gefährdet sah, unterhalten, und wie oft hatte er die verständnislose Reaktion der Menschen geschildert, als er sich, um sich von seinem Vater loszusagen, vor dem Bischof entkleidet hatte. Daran musste sie nun denken.

Wieder einmal, auch jetzt noch, hatte er sie alle überrascht, vielleicht beschämt, in jedem Fall mit seiner Radikalität nachdenklich gemacht. Doch er schien mit Elias Vorschlag einverstanden zu sein – und sogar erfreut, dass er nun wirklich ohne eigene Habe aus dieser Welt scheiden durfte. Froh wanderte sein Blick in die Runde seiner Brüder, verweilte kurz auf dem tapferen Giovanni und blieb am noch immer lächelnden Antlitz seiner Freundin hängen.

„Ja, freu dich, Jacopa, freu dich!", reagierte er noch einmal auf ihr Lächeln. Und schließlich rief er unerwartet laut „Willkommen, Bruder Tod!", sank zurück und lag mit einem so glücklichen Gesichtsausdruck da, wie sie es noch bei keinem Verstorbenen gesehen hatte.

Da war es sogar leicht, nicht zu weinen. Tief brannten sich seine vollkommen entspannten und gelösten Gesichtszüge in ihr Herz ein.

Der Druck seiner Hand hatte nachgelassen, und Giacomina löste diese tröstende Verbindung sanft. Sie legte seine Hände wie zum Gebet auf seinen Körper.

Kurz kramte sie in ihrem Gepäck, das bisher unberührt geblieben war, und holte ein zartes Tüchlein heraus, das aus ihrem Brautschatz stammte. Ihre Mutter hatte diese Tüchlein gewirkt und unterschiedlich bestickt, und diese kostbaren Handarbeiten hatten in den ersten Tagen und Wochen ihrer

Ehe das Heimweh bekämpfen helfen. Doch das Tuch, das sie jetzt auf sein Antlitz legte, trug eine Aufschrift, die sie den Anblick nie mehr vergessen ließ: in die Balken der sechseckigen Wappenschilde war dreimal gestickt AMA – liebe!

Wie ein Vermächtnis kam ihr das vor, so, als würde Francesco genau dies als seinen allerletzten Willen zu ihr sagen: Liebe nun alle Menschen, wie du mich geliebt hast! Liebe sie mit all deiner Kraft, deiner Energie, deinem starken Willen! Und schenke ihnen dein Herz!

Kirche S. Stefano in Assisi, deren Glocke von selbst beim Tod des Franziskus geläutet haben soll

Erst jetzt nahm Giacomina die Stille wahr, die sich in dem Raum ausgebreitet hatte. Auch ihre Söhne und die Brüder, die durch ihr Schluchzen oder ihre gemurmelten Gebete bisher eine leise Geräuschkulisse gebildet hatten, waren verstummt. Die Augen aller waren auf den Toten gerichtet, dessen Gegenwart noch spürbar schien, so dass jeder für sich wohl einen Teil davon in sich aufzunehmen hoffte, bevor sich das Gefühl der Verlassenheit breit machte. Es war eine andächtige Ruhe, voller Gebet, voller Liebe und merkwürdigerweise gar nicht so sehr voller Trauer.

Wohl keiner der Anwesenden wusste später, wie lange diese Zeit der Versunkenheit dauerte. Bruder Elia war der erste, der das Schweigen brach. „Bruder Jacopa, er wollte, dass du seinen Leib in Leinen wickelst. Es steht in dem Brief, den ..." Er musste nicht weitersprechen. Vollkommen selbstverständlich hatte die adelige Frau schon damit begonnen, dem langsam erstarrenden Körper des Freundes diesen letzten Liebesdienst zu erweisen, als hätte sie nie etwas anderes getan. Besonders Giovanni schaute seine Mutter mit großen Augen an, da er sehr gut wusste, wie ungern sie normalerweise in ihrem Haushalt Umgang mit Sterbenden und Toten hatte und ihn vermied, wann immer es möglich war. Doch jetzt band sie ohne Scheu und mit einem geradezu freudigen Gesichtsausdruck die Leinentücher und kleidete ihn in das selbstgewebte Gewand.

Währenddessen hatte sich die Szenerie geändert. Viele Brüder hatten den Raum verlassen, nur noch wenige blieben da, in Gebet und Betrachtung versunken. Für alle erschien es klar, dass nicht sie als seine Gefährten, sondern dass diese Frau ihren geistigen Vater für sein Begräbnis vorbereitete.

Nach einer Zeit war Giacomina fertig mit ihrer einem inneren Auftrag folgenden Arbeit und sank erschöpft auf dem Boden nieder. Es war spät in der Nacht und Giovanni schmiegte sich fest an sie – neben dem toten Francesco fielen beide in einen tiefen, traumlosen Schlaf.

Die Morgensonne weckte sie sanft auf. Nur kurz streifte Giacomina der Gedanke, dass sie nun schon die zweite Nacht in Folge wie eine Bettlerin hier auf der bloßen Erde geschlafen hatte – aber es störte sie nicht. Allerdings erhob sie sich doch etwas mühsam von ihrem Platz und begab sich an das Fußende des Leichnams.

Dort hatten sich inzwischen etliche Menschen eingefunden, die wachten und beteten – nicht nur Brüder, sondern ebenso schlichte Bürger Assisis. Auch Giacominas Diener waren gekommen, und Giacomo stellte sich neben sie und umklammerte ihre Beine.

Bruder Elia trat nach einer Zeit aber erneut auf sie zu. „Wir werden ihn bald nach Assisi hinaufbringen. Es besteht die Befürchtung, dass sein Leichnam gestohlen werden könnte."

Schockiert blickte Giacomina ihn an. „Warum das?", doch der hagere wortkarge Bruder zuckte nur mit den Schultern. Fest entschlossen, ihrem toten Freund nicht von der Seite zu weichen, rückte sie wieder etwas näher an ihn heran und kniete nun zu seinen Füßen. Nur beiläufig bekam sie mit, dass Elia sich daranmachte, die Betenden ruhig, aber bestimmt aus dem Raum zu bitten.

Als schließlich nur noch wenige Brüder mit ihr, den Söhnen und Elia anwesend waren, trat er noch einmal neben sie und fasste sie am Arm. Sanft zog er sie hoch und führte sie wieder zu der Stelle, an der sie schon so lange verweilt hatte, direkt neben dem toten Francesco. Dort übte er einen leichten Druck so auf sie aus, dass sie sich erneut niederließ.

Mit den Worten „Umarme ihn noch einmal, den du zu Lebzeiten so sehr geliebt hast!" legte er ihr den toten Freund noch einmal in die Arme. Giacomina blickte kurz auf. Kein merkwürdiger Unterton lag in seiner Stimme und auch aus seinen Augen sprach absoluter Ernst. Er meinte, was er da sagte.

Mit einem Mal stieg vor ihrem geistigen Auge die Szenerie auf, als sie vor einem guten Jahr auf der Fahrt nach Rieti Klarheit darüber bekommen hatte, dass sie ihn liebte, vollkommen, mit ganzer Seele. Mit dieser Seele, die nun nicht einmal betrübt war, da sie wusste, dass ihr geistiger Führer nun auf dem Weg in seine Heimat war, auf dem Weg zu Gott.

Der kalte tote Körper, den sie da nun auf ihrem Schoß und in den Armen hielt, war nicht mehr Francesco, nur noch eine leere Hülle, die sie bald sanft auf den nackten Boden ablegte. Mit einer zärtlichen Geste verabschiedete sie sich von ihrem Freund, stand lächelnd auf und verließ mit ihren beiden Kindern den Raum, ohne noch einmal zurückzuschauen.

Mit sich nahm sie die tiefe Gewissheit, nie mehr allein zu sein.

Nach den Begräbnisfeierlichkeiten in der Kirche S. Giorgio in Assisi kehrte Giacomina mit ihren Söhnen unmittelbar nach Rom zurück, wo sie weiter ein Leben im Dienst der Nächstenliebe und gelebten Frömmigkeit führte.

Ein schwerer Schicksalsschlag traf sie vier Jahre später, als ihr jugendlicher Sohn Giacomo jäh durch einen Unfall ums Leben kam.

Im Jahr darauf, 1231, wurde das Hospital S. Biagio in Trastevere, das die Benediktiner als erste Niederlassung in Rom den Minderbrüdern geschenkt hatten, auf ihre Anregung hin in „S. Francesco a Ripa" umbenannt – Giacominas Freund war bereits 1228, nach einem der kürzesten Heiligsprechungsprozesse der Kirchengeschichte, durch Kardinal Ugolin, der in der Zwischenzeit auf Honorius als Papst Gregor IX. gefolgt war, heiliggesprochen worden. Der dem jungen Orden weiterhin sehr wohlgesonnene Papst übergab schließlich auch das Krankenhaus und die dazugehörige Kirche den Minderbrüdern.

Giacomina hatten in diesen Jahren alles darangesetzt, ihrem geistlichen Vater eine angemessenere Ruhestätte zu schaffen. 1230 war Francesco bereits in eine am Stadtrand von Assisi neu errichteten Kirche beigesetzt worden, deren Bau der umtriebige Elia kurz nach der Heiligsprechung in die Wege geleitet hatte. Aus der immer schwelenden Angst vor Grabschändern und Reliquienräubern wurde der genaue Ort des Grabes aber geheim gehalten, und auch Giacomina war es, wann immer sie auf ihren Reisen an Assisi vorbeikam, verwehrt, an seinem Grab zu beten. Doch ihr Gedenken an Francesco brauchte keinen solchen Ort – der Freund stand ihr lebendig vor Augen, wenn sie Assisi am Berghang liegen sah, wenn sie nach Porziuncola kam, wo er gestorben war, und sogar, wenn sie einfach nur an die Schönheit der Schöpfung dachte, die er in seinem Sonnengesang so begeistert und mitreißend besungen hatte.

In den nächsten Jahren übernahm immer mehr ihr Sohn Giovanni die Führung der Geschäfte und setzte den Stil seiner Mutter fort. Sie zog sich nach und nach von all den weltlichen Belangen zurück. In ihrer Arbeit für die Armen und Benachteiligten sah sie nun ihre Lebensaufgabe. Nun scharten sich endlich auch Gleichgesinnte um sie, eine kleine Gemeinschaft des Dritten Ordens entstand.

Zehn Jahre nach dem Tod Francescos verließ sie Rom und zog nach Assisi. Sie hatte nun, da sie ihre Kräfte schwinden sah, nicht mehr so viel Energie, sich ihren selbstgestellten Aufgaben in den Armenvierteln Roms zu widmen – das übernahmen mehr und mehr andere, Jüngere aus dem Dritten Orden. Sie wollte nun nur noch dort sein, wo der Geist dessen lebte, der sie dazu inspiriert hatte.

Betend und das Gedächtnis Francescos in Wort und Tat verehrend, verbrachte sie ihre letzten zweieinhalb Lebensjahre. Gut vorbereitet konnte auch sie am 8. Februar 1239 Bruder Tod willkommen heißen und wurde in der Unterkirche der Basilika S. Francesco, die zügig und sehr prachtvoll gebaut wurde, beigesetzt – in unmittelbarer Nähe des Hauptaltars, über dem Grab ihres Freundes.

Ihre sterblichen Überreste ruhen seit der Neugestaltung der sehr schlichten Krypta der Basilika am unteren Ende der Treppe - und genau gegenüber dem Grab Francescos. Auf der Urne steht unter ihrem Namen geschrieben: „Hic requiescit Fra Iacopa Sancta Nobilisque Romana" – hier ruht Bruder Jakoba, die heilige und adelige Römerin.

So darf sie bis heute die Frau sein, die dem großen Heiligen, ihrem Freund Francesco, am nächsten ist.

Basilika S. Francesco in Assisi, Grabeskirche von Francesco und Jakoba

Winter 1181/1182
Francesco wird in Assisi geboren und auf den Namen
Giovanni (Johannes) getauft. Später wird der Name in
Francesco (Französlein) geändert. Francesco wächst unbe-
schwert heran und genießt ein sorgloses Leben als Sohn
eines reichen Tuchhändlers.

1190
Jacopa dei Normanni wird in Torre Astura in Latium geboren.
Die junge Adelige wächst behütet und standesgemäß auf.

1203
Francesco kehrt krank aus der Gefangenschaft nach dem
Städtekrieg zwischen Assisi und Perugia nach Hause.

1205
Er beginnt über sein bisheriges Leben nachzudenken. Im
verfallenen Kirchlein S. Damiano hört er das Kreuz zu sich
sprechen. Sein Lebensinhalt besteht nun darin, sich für den
Aufbau dieser Kirche und für die Armen einzusetzen.

1206
Francesco zieht seine Kleidung in Anwesenheit des Bischofs
aus und gibt all seinen Besitz seinem Vater zurück. In der
Zeit danach renoviert er u.a. S. Damiano und Portiuncula.

1208
Erste Gefährten schließen sich Francesco an. Sie leben ohne
Besitz und sind Bettler.

1209
Mit elf Gleichgesinnten erbittet er vor Papst Innozenz III. in

Rom die Bestätigung der Lebensweise als Minderbrüder mit den Gelübden Armut, Gehorsam und Keuschheit.

1209

Giacomina zieht nach Rom, wo sie Graziano Frangipane de Settesoli heiratet.

1210

Geburt des Sohnes Giovanni.

1212

Giacomina und Francesco lernen sich kennen.

1212

Chiara schließt sich Francesco an. Dadurch entsteht ein weiblicher Ordenszweig.

1213

Giacomina bringt den zweiten Sohn, Giacomo, zur Welt.

1215

Anlässlich des Laterankonzils weilt Francesco in Rom. Giacomina bekommt ein Lämmchen von ihm geschenkt.

1217

Graziano stirbt auf dem Kreuzzug, Giacomina übernimmt als Witwe die Geschäfte.

1219

Francesco trifft mit dem Sultan im Heiligen Land zusammen und versucht vergeblich, Frieden zu stiften.

1220

Rückkehr des Francesco, Krankheit.

1220

Verzicht auf die Ordensleitung.

1221

Inspiriert von Giacomina, verfasst Francesco die Regel des „Dritten Ordens", nach der sie fortan ihr Leben gestaltet.

1223

Francesco feiert erstmals den Heiligen Abend mit einer Weihnachtskrippe in Greccio.

1224

Stigmatisation: Francesco empfängt die Wundmale Jesu auf dem Berg La Verna.

1225

Sein Gesundheitszustand verschlechtert sich rapide: Er erblindet trotz einer Augenoperation in Fonte Colombo fast vollständig.

1225

Giacomina lässt das Bild des „weinenden Francesco" malen.

02. Okt 1226

Giacomina bringt aus göttlicher Eingebung Francesco alles, was er sich gewünscht hatte, an sein Sterbebett.

03. Okt 1226

Francesco stirbt im Beisein Giacominas bei der Portiuncula.

16. Jul 1228

Papst Gregor IX spricht ihn in Assisi heilig.

1230

Giacominas zweiter Sohn, der siebzehnjährige Giacomo, stirbt durch einen Unfall.

1230

Umbettung des Heiligen in die Basilika S. Francesco, eine am Stadtrand von Assisi neu errichtete Kirche.

132

1231

Das Hospital S. Biagio in Trastevere, der erste Sitz der Minderbrüder in Rom, wird in „S. Francesco a Ripa" umbenannt.

S. Francesco a Ripa in Rom

1236

Giacomina übergibt dem Sohn Giovanni die Geschäfte und zieht nach Assisi.

8. Feb 1239

Giacomina stirbt in Assisi und wird in der Unterkirche der Basilika S. Francesco in unmittelbarer Nähe des Hauptaltars, über dem Grab ihres Freundes, beigesetzt.

Giacominas sterbliche Überreste ruhen seit der Neugestaltung der Krypta der Basilika S. Francesco gegenüber dem Grab Francescos.

Landkarte

Literaturquelle:

Dieter Berg, Leonhard Lehmann (Hg.), Franziskus-Quellen. Die Schriften des heiligen Franziskus, © 2009 Edition Coelde in der Butzon & Bercker GmbH, Kevelaer, www.bube.de

Bildernachweis:

Cover, Autorenfoto und Bild auf S. 123: Verena Elsner

weitere Bilder, Titelbild, Landkarte: Walter Elsner